JN239784

侯爵家のいたって平和ないつもの食卓

～堅物侯爵は後妻に事細かに指示をする～

ももよ万葉

Illust.すらだまみ

Koshakuke no itatte heiwa na
itsumo no shokutaku

Contents

1 侯爵家のいたって平和ないつもの食卓 …… 011
2 夜会 …… 053
閑話1 …… 107
3 ゼーバルト侯爵家の人々 …… 127
4 元婚約者たち …… 177
閑話2 …… 231
5 堅物侯爵は事細かに指示をする …… 251
あとがき …… 286

Koshakuke no
itatte heiwa na
itsumo no
shokutaku

Episode 1

侯爵家のいたって平和ないつもの食卓

Koshakuke no
itatte heiwa na
itsumo no shokutaku

たっぷりと水を含んだ筆に、ぽちょん、と一滴だけ水色を落として描いた。そんな水彩画のような澄んだ青空の下、甲高い子供の笑い声が響いていた。

「あははは！　アンネさまー！　いくよー！」

「ミヒャエルくーん、上手でーす。そーれ」

迷路のような垣根を搔《か》き分け、やっとたどり着いたそこには、息子《むすこ》のミヒャエルとやけに見覚えのある赤毛のご令嬢がサッカーをしていた。ご令嬢はスカートを膝まで持ち上げ、ジャンピングボレーをキメている。

空高く上がったボールを、ミヒャエルが走って追いかけてゆく。あの子が全力疾走するところなんて初めて見た。いや、あんな大きな笑い声を聞いたのだって初めてだ。

アルノーはその光景を目の当たりにして、呆然《ぼうぜん》と立ち尽くしていた。

垣根の向こうから、次々と人がやって来るのに気付いた令嬢が振り返る。

「えっ……？　ゼーバルト侯爵様……？」

「っ……！　危ない！」

「んぎゃっ」

誰かの叫び声にあわてて体勢を戻した令嬢の顔面に、ミヒャエルの投げたボールが、ばいーん、

と激しい音を立てて直撃した。

「アンネリーエ嬢ぉぉーー！」

スカートを摑《つか》んでいた両手が宙に舞い、青空に美しい弧を描いた令嬢のしなやかな体が芝生に叩《たた》きつけられた。


目を覚ましてまっ先に見えたのは、自分のベッドの天蓋《てんがい》。あちゃー、戻って来ちゃったかー。アンネリーエは両手で顔を覆《おお》った。が、ずきっと鼻の頭が痛んで飛び起きた。

そうだ、ミヒャエルくんの投げたボールを顔で受け止めたんだった。

アンネリーエが起きたのに気付いた侍女が、あわてて部屋を飛び出して行くのが見えた。父と兄がすぐに部屋に駆け付ける。

「アンネリーエ、目が覚めたのか。頭を強く打っていたが、大丈夫か？　私のことがわかるか？　おとーさんですよぉー」

「ええ、お父様。頭も体も平気よ。ちょっと鼻が痛いだけ」

「そうか、そうか。無事で良かったな。でも、一応確認させてくれ。指は何本に見える？　ほら、これは？　じゃあ、これは？」

「お兄様、そんな高速で手を動かしたら見えないけど、指は全部で十本よ」

軽口を叩きつつも、父と兄はホッと胸を撫《な》でおろした。アンネリーエはレディッシュブラウンの赤毛に優しそうな桃色の瞳をしたバーナー伯爵家の大切な娘だ。早くに病で母を亡くし、二人が男手だけで慈しんで育ててきた。

母親がいないから、と言われることのないように父親は熱心に娘の世話を焼き、一人ぼっちでさみしくならないようにと兄はいつでもどこへでも妹を連れ歩いた。そのおかげで、アンネリーエは人一倍のんびり屋で、兄の友人たちと一緒に駆け回って遊ぶほど元気で健康に育った。令嬢らしい淑やかさには欠けるが、穏やかで素直な性格の彼女を二人は愛していた。

だからこそ、父は切ない表情を隠すことができない。それでも、伝えないわけにはいかなかった。重たい口をしぶしぶ開く。

「それで、ええと、アンネリーエ……。申し訳ないが、父さん、断ることができなかったんだよ」

はあ、と父がため息と共に肩を落とす。アンネリーエもまた、同じように肩を落とす。

「お前が遊んでいたお子さんは、偶然にもゼーバルト侯爵家のミヒャエル様だったんだ」

「はあ」

「いや、父さんも頑張って何とか断ろうとしたんだが、あちらが是非にでも進めたい、とおっしゃられてねえ。……すまないね」

「分かってるわ、お父様。うちが侯爵家の申し出を断ることなんてできないもの」

気まずそうに指で頬《ほお》を掻いていた兄が、アンネリーエに憐《あわ》れみの視線を向けた。

「父さんも、あれこれとお前の欠点を挙げ連ねたんだが、侯爵様が別に関係ないって。お前の顔に傷を作った責任を取るって言って、さ……」

責任取るほどの傷じゃねーのにな、とつぶやくと、兄はさっとうつむいた。

「うん、こうなることは分かってたわ。所詮《しょせん》、無駄なあがきだったのよ」

アンネリーエはへらりと明るい笑顔を見せた。

「ちゃんと侯爵家にお嫁に行くから安心して。大丈夫、私は自分で幸せになれるから」

父と兄の眉がどんどん下がってゆく。そして二人はゆっくりと目を伏せた。


アンネリーエには婚約者がいた。

お相手は同じ年で幼馴染《おさななじみ》の伯爵家令息であった。

彼は兄の友人の従弟《いとこ》だった。男の子に交じって一緒にサッカーをしているアンネリーエに初めは驚いていたものの、すぐに仲良くなった。同じ伯爵家という家柄もあり、二人は十三歳で婚約を結んだ。

しかし、貴族学校の卒業式で突然婚約破棄を宣言されてしまったのだ。幼馴染には、同級生の恋人がいたのだという。しかも三年の付き合いになるとか。学校ではわりと有名な話だったそうだが、のん気なアンネリーエは全く気が付かなかった。言われてみれば、この一年は誕生日の贈り物もなかったどころか、ほとんど会話した記憶もない。最終学年ともなると何かと忙しいのだろう、と全く気にしていなかった。

結婚したらそのうち愛が芽生えるものだろう、と考えていたアンネリーエは、婚約者には幼馴染としての情愛しか抱いていなかった。だから、父と兄は騒いだけれど、わりとスムーズに婚約は破棄された。慰謝料も常識的な額をもらっただけだ。

婚約者の浮気に気付かなかった上に、あっさり捨てられたアンネリーエ。相手の有責ではあるけれど、なかなか次の婚約もまとまらずにもうすぐ二十歳《はたち》となってしまう。この国では、二十歳を越えて未婚の貴族令嬢はあまりいない。

父も兄も、かわいそうで可愛《かわい》くてしかたのないアンネリーエを、一生この家で養っていこうと覚悟を決めたところで、国王陛下から縁談が持ち込まれてしまった。

「アルノー・ゼーバルト侯爵様……って、あの!? 私が!?」

「……ああ。まったく、バカにしている。アンネリーエはまだ十九だというのに」

「でも、もうすぐ二十歳よ、お父さん。しかも全く婚約のあてもない」

「うるさい、まだ十九だ！ うちの十九の未婚の娘に、子持ちの後妻になれとは……！」

アルノーは、次期宰相になることが決定している二十八歳の若き侯爵だ。

黄みがかった銀髪に琥珀《こはく》色の瞳で、一見、冷たく見えるような静謐《せいひつ》な印象の美丈夫だ。真面目《まじめ》な堅物で、笑顔どころか仕事以外の会話をしているところを見た人はいないという。

彼には兄がいた。しかし、数年前に馬車の事故で急死してしまった。妻子を残して。

兄の妻は、隣国の第二王女だった。政略結婚だったとはいえ、二人は非常に仲睦《なかむつ》まじく暮らしていたそうだ。その頃、隣国は政局が不安定だった。寡婦《かふ》となった兄の妻を子連れで帰すのは危険と判断し、そのまま弟であるアルノーと再婚することとなった。政略結婚ではよくある話だった。亡き兄の息子ミヒャエルが三歳の時のことである。

当時アルノーには婚約者がいたが、事情が事情だっただけに、すんなりと婚約は解消された。自分の婚約に未練一つ見せずに淡々と手続きするアルノーは、血の通わない冷血漢とささやかれた。

しかし、今度は妻が久々の里帰りでクーデターに巻き込まれ命を落としてしまったのだ。これがちょうど一年前。

次期宰相であるアルノーに後ろ盾がなくなってしまったことを、国王が危惧《きぐ》した。が、堅物で冷血漢と噂《うわさ》される上に子持ちのアルノーは、次期宰相で侯爵であっても条件が悪すぎた。相手がなかなか見つからない。

そこで、アンネリーエに白羽の矢が立ってしまったのだ。

バーナー伯爵領は西の国と隣接した、貿易の要《かなめ》であった。しかも、可愛いアンネリーエを一生養おうと奮起した父と兄のおかげで、非常に裕福だった。国政に関わる役職にも就いていないし、そういった親戚もいない。政局に口出ししないが、多額の税は納めている。次期宰相の後ろ盾にぴったりだし、未婚の娘なら断ることもないだろう、という国王の安易な目論見《もくろみ》である。

「お嫁に行くわ、なんて言ったものの、やっぱりあちらから断ってくれないかしら」

揺れる馬車の中で、アンネリーエは独り言ちた。

アルノーとの顔合わせのために、久々に王都へ向かっていた。婚約してから三か月も経《た》っているのに、初めての顔合わせだ。実物の彼を見たのは、ボールが顔に直撃する直前の一瞬だけ。多忙である、という理由で顔合わせが延びに延び、やっと本日に至ったのである。

正直言って、侯爵夫人なんてアンネリーエには荷が重すぎる。公園で子供とサッカーをするくらいなのだ。社交界は苦手だ。

車輪が音を立て、馬車が若干揺れた。約束のカフェに到着したのだ。

「ごきげんよう、侯爵様。たいへんお忙しい中、お招きありがとうございます」

アンネリーエはカフェの個室に入るなり、美しい礼をした。この三か月間、それなりに練習したのだ。若干の嫌味を交ぜて挨拶《あいさつ》して印象を悪くするように試みたのだけれど、伝わったのか伝わらなかったのか、アルノーは返事もせずに頷《うなず》いただけだった。

席につくと、紅茶とケーキがすぐに運ばれてくる。

「先日は息子が大変失礼した。怪我《けが》はもう大丈夫だろうか」

アルノーが全く感情のこもっていない声で、しれっとそう尋ねた。

「ええ、この通り。アザもきれいに治りましたわ。ご心配なく」

アンネリーエが笑顔で鼻を指したが、アルノーは眉《まゆ》一つ動かすことなくじっとそれを見つめている。

「跡が残らなくて、良かった」

アルノーはそう言い、紅茶に口をつけた。そして、テーブルに視線を落としたまま続ける。

「婚約に関しては、一方的に進めてしまってすまなかった。あまり時間がなかったんだ。だから、手短に条件だけ先に伝えよう」

「じょ、条件？」

「私は夜会のようなものには出席しないので、侯爵夫人としての社交は気にしなくていい。衣食住は保証しよう。破産しない程度になら、好きなものを買うといい。君に求める役割は、息子ミヒャエルの母親。それだけだ」

「はは、おや」

アンネリーエが大きく瞬く。

「あの子が侯爵家を継ぐようになるまでの間だけで十分だ。支えになってやってくれれば、それでいい。無論、私の妻としての務めは必要ない。以上だ」

「はあ……」

アンネリーエは頬に手をあてて考える。

妻はいらない。つまり、ミヒャエルの乳母になれ、と彼は言っているのだ。

侯爵夫人という荷は重すぎる。しかし、乳母《うば》になるだけならいいかな、とアンネリーエは流されてしまった。

そもそもアンネリーエだって、若干の抵抗はしてみたのだ。

鞄《かばん》に荷物を詰め、こっそり家を出た。思いつめて家出するほど嫌がっている、と噂になれば、婚約の話はなかったことにならないかなー、なんていう軽い気持ちだった。

そして、休憩していた公園で、家族とはぐれてしまった、というミヒャエルと出会ったのだ。彼が持っていたボールでサッカーをしていたら、王家から送られてきた姿絵そっくりのアルノーが姿をあらわした。

めずらしい銀髪にミヒャエルという名。今思えば、ゼーバルト侯爵家、つまり婚約者候補の息子だとすぐに思い至る。しかし、あの時はしょんぼりとした少年を励ますことで頭がいっぱいだったのだから仕様がないではないか。

縁というものからは逃れられない。アンネリーエは腹を決めた。

ミヒャエル様は素直で可愛かった。きっと一緒に過ごす時間が長くなれば、もっと仲良くなれるだろう。だったらこれは悪い話ではないのかもしれない。

どうせ断れない縁談ならば、楽しそうなことに目を向けた方がいい。

「かしこまりました。ご期待に沿えるよう頑張りますわ」

アンネリーエは笑顔でそう承諾した。

その返事を聞くと、アルノーは、忙しいので、と言ってアンネリーエを残して帰ってしまった。

おいしいケーキを一人のんびりと堪能し、アンネリーエは帰宅した。

二人は形ばかりの小さな結婚式を挙げた。アルノーの両親は既に他界している。参列したのは、アルノーの側近だという青年一人と、後はアンネリーエの父と兄のみ。長めの黒髪を品よく一つにまとめた青年が、ミヒャエルを抱き上げていた。当のミヒャエルは昼寝の時間だったらしく、眠そうに目をこすっていた。

簡素な誓いを立て、頬に触れるか触れないかの形ばかりのキスをして、アルノーは側近と共に城の執務室へと帰って行った。父と兄は怒りと失望と諦観《ていかん》の入り交じった複雑な表情をしていたが、アンネリーエは逆にホッとしていた。

次期宰相である侯爵の結婚式である。王族が参列していたっておかしくはなかった。しかし、実際にはこぢんまりと最小限の儀式だけで済んだ。どんな小難しい作法を強いられるのかと戦々恐々としていたアンネリーエは、あっさりと式を終わらせさっさといなくなってくれたアルノーに感謝すらしている。

婚礼衣装をまとったアルノーはこの上なく美しかった。参列者が少ないおかげで、その姿をじっくりと堪能することができた。あの美貌《びぼう》を前にしたら余計なことをベラベラとしゃべって迷惑をかけてしまいそうだったので、アルノーがこの後仕事に戻ると聞いた時には満面の笑みで送り出してしまった。

うとうとと眠そうにしているミヒャエルと共に侯爵家へ向かったアンネリーエは温かく迎え入れられた。品が良く親切な使用人たちは、必要最低限の人数しかいなかったので、すぐに顔と名前を覚えることができた。

アンネリーエの専属として侍女が三人も用意されていた。ユッタ、ニコラ、そして、クリスタは、まるで三つ子のようによく似ていたが、年齢も出身も全く違う赤の他人なのだという。息の合った三人はアンネリーエとすぐに仲良くなった。

アルノーとは、朝食を共にするだけである。多忙な彼は、王城へ出仕した後は、深夜まで帰らない。アンネリーエは、ミヒャエルが勉強している午前中は使用人たちと楽しく過ごし、午後からはミヒャエルと庭でかくれんぼをしたり、近隣の散歩をした。

「あのね、今日は西がわの地図をおぼえたよ。ヘルマーりょお、プライスりょお、バーナーりょお」

「まあ、バーナー領は、私のお父様の領地なのですよ」

「バーナーりょおはー、西のかなめのりょおで、たいへんゆうふくなちあんの良い、ぼーえきがさかんな。えっと」

「まあ、なんて賢いのでしょう。覚えてくださってありがとうございます、ミヒャエル様。いつか一緒に遊びに行きましょうね」

「うん！　ちちうえもいっしょに！」

「そ、そうね」

「たのしみ！」

ミヒャエルはアルノーの事が大好きだ。ゼーバルト侯爵家の直系の印である銀髪に、母親ゆずりの赤い瞳。裏表のない笑顔は皆に可愛がられて育った証《あかし》だ。

ほとんど会話したことはないけれど、幼い子供がこんなに懐いているだなんて、きっとアルノーは良い人なのだろう。妻として寄り添うことはないとしても、いつか同居人としての親愛は持てるかもしれない。

「ねえ、ミヒャエル様。アルノー様の好きな食べ物って何かしら」

アンネリーエはそう尋ねた。二人で手をつないで庭の散歩をしている時だった。小さな池に反射した夕陽が、ミヒャエルのふくふくとした頬をちらちら照らしている。

アンネリーエが一歩踏み出せば、案外アルノーとの距離は縮まるのかもしれない。同じ屋敷に住んでいるのだもの。お互いにご機嫌で過ごすことができたならそれに越したことはない。嫌がられたらやめればよいだけの話だ。やるだけやってみよう。暇だし。

「んー、ちちうえはね、サラダが好きだよ」

「サラダ？」

「うん」

「じゃあ、私、アルノー様のためにサラダを作ってみようかしら」

アンネリーエは振り返り、付き添っていた侍女たちにそう話しかけた。それはようございますね、とニコラが満面の笑みでこたえる。ユッタとクリスタは一瞬目を見開いたけれど、すぐに同じように笑いかけた。

アンネリーエは、さっそく主人のためのサラダ作りに取りかかることにした。

「どうされました、アルノー様。こんな時間に」

昼前のゼーバルト侯爵家。突然帰宅したアルノーに、家令は驚いた。まだ明るい時間の屋敷の様子に居心地悪そうにしながらも、澄ました顔でアルノーがぼそぼそとこたえる。

「午後から王太子殿下の視察に同行することとなった。近くに用があったついでに、上着を取りに来た」

「は、すぐにご用意いたします」

わざわざ茶を飲んで待つほどの時間はない。アルノーは壁に寄りかかり、束の間の休息をぼんやりとして過ごすことにした。が、屋敷の外から賑《にぎ》やかな声が聞こえる。引き寄せられるように、声のする廊下の方へ歩いて行った。

窓の外では、数人の使用人たちに囲まれ、ミヒャエルとアンネリーエがじょうろ片手に笑い合っている。あの辺りは、厨房《ちゆうぼう》の職員たちにねだられ、作るのを許可した家庭菜園だ。よく見れば、周りで一緒に笑っている使用人たちも厨房の者たちではないか。

アンネリーエは今度は小さなスコップで土を掘り、素手で土いじりを始めた。長いスカートは邪魔にならないよう、まとめて後ろでしばっている。燦々《さんさん》と日光の降り注ぐ中、土いじりをする令嬢など聞いたこともない。

アルノーは眉をひそめたものの、楽しそうな彼らの中に割って入る気にもなれなかった。仲良くやっているのなら、まあいい。

駆け付けた家令から上着を受け取ると、アルノーは足早に屋敷を後にした。

それから二週間。

「アルノー様、おはようございます。本日は楽しみでございますわね」

身支度を整えたアルノーの元に、侍女頭が朝食の準備が整ったと知らせに来た。しかし、彼女の言っている意味が分からず、アルノーはわずかに首を傾《かし》げるだけだった。

「ほら、今日は！　奥様特製サラダの日！　でございますわよ」

「オクサマトクセイサラダ、とは？」

「やだ、お忘れですか？　アルノー様の好物であるサラダを奥様がお作りになったんですよ。畑の野菜が収穫時期になったって、昨晩言いましたでしょう」

アルノーが子供の頃から侯爵家に仕える侍女頭が、アルノーの肩をバチンと叩く。

「収穫時期だとは、確かに聞いたが……。待て、誰の好物だって？」

「アルノー様でしょう」

「サラダは嫌いではないが、特に好物というわけでは」

「あら、そうなのですか？　ミヒャエル坊ちゃまがそうおっしゃってましたから」

侍女頭はそう言うと、頬に手をあてわざとらしく声を上げた。

「まあまあ、どうしましょう。アルノー様の好物だと聞いたから、奥様は畑仕事を頑張ってたのに」

「何だって？　サラダを作るために、畑から始めたのか？」

「ええ。今日のサラダはもともと植えてあった野菜に奥様が毎日水と肥料をやって、葉の間引きをしたものですけど、種から植えたものも早いものならもうすぐ食べられますよ」

「てっきり土いじりが趣味なのかと思っ……」

「初めてっておっしゃってましたよ。アルノー様の好物を作るのだ、と毎日慣れないながらも頑張ってらして。お可愛いこと。良い奥様を迎えられましたね」

侍女頭が口に手を添え、うふふ、と目を弓なりに細めた。

そんなことは望んでいない。ミヒャエルがさみしい思いをしないように母親代わりを迎えただけで。

アルノーは袖のカフスを留めると、視線を上げることなく口を開いた。

「急用を思い出した。今日は朝食はいらない。王城でとる」

「何言ってるんですか、行きますよ」

「ちょっ、おい」

侍女頭にぐいぐいと背中を押され、アルノーは仕方なくダイニングルームに入った。

「おはようございます！」

「ちちうえ、おはようございます！」

アンネリーエとミヒャエルの普段よりかなり元気な挨拶が響いた。目を逸らしながら、おはよう、とつぶやいて席につく。すぐさま目の前には前菜が運ばれてくる。もちろん、サラダもだ。

これが奥様特製サラダ。リーフレタスは青々としていて食べやすく千切ってある。トマトもきゅうりもみずみずしく、ブロッコリーはごつごつと大ぶりで食べ応《ごた》えがありそうだ。角切りにした紫色の玉ねぎがサラダに彩りを加えている。

が、これのどこが特製なのだ。いつもとたいして変わらないではないか。

アルノーのフォークを握る手にぐっと力がこもる。アンネリーエとミヒャエルが期待のこもった眼差《まなざ》しを向けて来る。食べにくい。

「アルノー様、おいしいですか？」

「まだ食べていない」

アンネリーエの言葉にかぶせるように答えてしまい、しまった、とアルノーは思った。まるで黙らせるようではないか。そんなつもりはなかったのだ。ただ、戸惑《とまど》っていただけだ。

「ちちうえ、はやく食べて。僕、レタスちぎった」

「きゅうりを切ったのは私です」

そうか。レタスときゅうりはこの二人が。他は。他の野菜はどうなのだ。

「朝ね、はやく起きて、おやさいをとったの。アンネさまといっしょに。すごいでしょ」

「どの野菜がお好きかまでは分からなかったので、サラダのすべての野菜は私が収穫いたしました。ドレッシングは、私の実家のオリジナルレシピで作ってみました。たまには違う味もいいでしょう」

アンネリーエが楽しそうにそう話した。

ふう、と軽く息を吐いてアルノーは覚悟を決めた。普段より荒っぽい手つきで、ばくばくとサラダを口に放り込む。大方食べきったあたりで、手を止めた。

「……私は別にサラダが好きというわけではない。だから、このようなことは必要ない。よって、別にわざわざ土を触るような真似《まね》はしなくていい」

「まあ、畑仕事が気に入ったというのなら、好きにしたらいいが」と、付け足すと、最後に残った真っ赤なトマトを口に入れた。言うべきことを言い、やっと人心地《ひとごこち》ついたところで、いつもとは違うドレッシングの味に気が付いた。なかなか風味がよく、最後にさわやかなレモンの香りが鼻に抜けて、朝食によく合う。おいしい、とは言い出せない雰囲気にしてしまったのは自分なので、そのまま黙って飲み込んだ。

「そうだったのですね」

「だって、ちちうえはいつも一番さいしょにサラダを食べるから、サラダが大すきなんだとおもった」

アンネリーエとミヒャエルが顔を見合わせ、そう話す。

「前菜として先にサラダが出て来るから最初に食べていただけだ。だいたい、好きな食べ物を聞かれてまっ先にサラダと答える奴など、いや、世の中にはいるかもしれんがっ、私は別にサラダが好きでも嫌いでもない」

「えへへ、まちがえちゃった」と頭を掻くミヒャエルに、アンネリーエが優しく微笑《ほほえ》みかける。しかし、その直前に、彼女は一瞬だけ残念そうに眉を下げた。きっと、他の誰も見ていない。気付いたのはアルノーだけだ。

何だか非常に居心地が悪くなってきて、アルノーは手早く朝食を終え、さっさとダイニングルームを出た。

支度を済ませ玄関に向かう途中で、駆けてきたアンネリーエに呼び止められた。

「アルノー様、申し訳ございませんでした。余計なことをしてしまいました」

アンネリーエが深々と頭を下げる。

「わざわざ野菜を育てるなど、余計な手間のかかることを、よくもまあ……。今後は私のことなど気にしなくていい。好きに過ごしてくれ」

アルノーの話を最後まで聞いていたのか聞いていないのか、アンネリーエが頬に手をあて首を傾げる。

「……兄が……」

「うん？　兄？」

「私の兄が、以前言っていたのです。手間暇かけて一から手作りしてくれたものをもらったら誰だって嬉《うれ》しい、と」

その時のことを思い出しているのだろう。アンネリーエはアルノーの方を見ないまま、ぽつりぽつりと話し出した。

「ですので、私も一から手作りしてみようと思ったのです」

「一から、とは、野菜を育てるところから、ということか。何でそうなった」

「私、間違ってしまったのですね。朝からお騒がせしてしまって申し訳ありません。今後はもっとちゃんと調べてから行動しますわね。さあ、お時間ですわ。いってらっしゃいませ、アルノー様」

アンネリーエが再び深々と頭を下げる。玄関の外では、迎えに来た側近のライナーが待っている。何となくこの状況を見られたくないような気がして、アルノーは何も言わずに家を出た。

あれからも、アンネリーエとミヒャエルは畑仕事を続けているらしい。もっとも、ミヒャエルはアンネリーエと共に何かをしたいだけで、畑にこだわっているわけではなさそうだが。

ミヒャエルの支えになってくれればそれでいい。それだけでいいのに。

あまりきちんと顔を見たことはなかったけれど、あの朝食の時のアンネリーエは以前よりも少し日に焼けていたように見えた。貴族の女性が直接日光にあたるものではない。それなのに、アルノーにサラダを作るために毎日畑に出ていたという。

それを聞いて以来、アルノーは何だか胸がモヤモヤとするし、イライラもする。そんなことしないでほしい。自分のためになど、何もしないでほしいのだ。

それにしても、一から手作り、と聞いて、野菜を育てるところから始めるなんてことがあるだろうか。

そういえば、初めて見た時だって、スカートをまくり上げてサッカーをしていたのだった。婚約破棄されたかわいそうな箱入り娘と聞いていたが、もしかして自分はとんでもない女を拾ってしまったのではないか？

書類に向かうアルノーの手が止まっていることに気付いたライナーが、アルノーの顔を覗《のぞ》き込む。

「うわっ！　何だ」

「いやあ、めずらしくぼんやりしているから」

「ちょっと考え事をしていただけだ」

アルノーがあわててペンをインク壺《つぼ》に突っ込んだ。書類を押さえていたガラスのペーパーウェイトが揺れる。

「何々？　若い新妻のことでも考えてた？」

「そっんなわけないだろう！」

書類をめくる手が震え、ペーパーウェイトがコロリと転がった。

ライナーはアルノーの補佐官である。長めの黒髪を後ろで一つにまとめ、碧《あお》い瞳をした長身の男だ。とっつきにくいと言われるアルノーに対しても、いつも上から顔を覗き込むようにして気安く話しかけてくる数少ない友人でもある。

「アンネリーエ様だっけ。可愛いもんねえ。赤い髪を品よくまとめて、ピチピチの若奥様って感じだった。ぼんやりするのも仕方ない」

「は!? お前、いつ会ったんだ」

「今朝、お前を迎えに行った時にちょっと話したよ。そもそも、俺はお前たちの結婚式にだって参列したんだから、顔くらい知ってるに決まってるだろ」

ニヤニヤと笑うライナーをひと睨みした後、アルノーは仕事に集中した。バカなことを。別にアンネリーエのことを考えていたわけではない。ミヒャエルの母親として是か非か考えていただけだ。こんな濡《ぬ》れ衣《ぎぬ》を着せられるくらいならば、もうこいつにアンネリーエを会わせるのはやめよう。

アルノーは次の日から、ライナーが来る前に玄関を出ることにした。

アンネリーエとミヒャエルは、土まみれのエプロンをしたまま、木陰で休憩していた。クタクタに疲れたミヒャエルは、敷物も敷かずに芝生の上でスヤスヤと昼寝している。丸い頬がテカテカと陽光を照り返し、柔らかそうな銀髪が汗でしっとりと湿っていた。アンネリーエはエプロンのポケットからハンカチを取り出し、彼の額を優しく拭《ぬぐ》った。

ここはアンネリーエの実家、バーナー伯爵領にある牧場だ。

ミヒャエルを連れて数日の旅行に行きたい、と言うと、アルノーはすんなり許可してくれた。何故だか、ちょっとホッとしているようにも見えた。

アルノーは愛想はないけれど、優しい人だと思う。世間では冷酷な人、なんて言われているけれど、いつもアンネリーエの気持ちを慮《おもんぱか》ってくれる。突き放すような言葉を言いながらも、最後には必ず、アンネリーエの好きにしていい、と言ってくれるのだ。

今日は、ミヒャエルと一緒に羊の毛を刈った。

初めのうちは暴れる羊に怯《おび》えていたミヒャエルも、最後には全体重をかけて羊に抱き着き押さえ込んでいた。

一仕事終えたので、明日はゆっくりと休息し、明後日には家に帰ることにしよう。アンネリーエはパタパタと手で顔を扇ぎながらそう思った。

アンネリーエは、冬に向けてアルノーのために編み物をしようと考えた。無難にマフラー、それとも手袋、頑張ってひざ掛けにしようか。そうだ、ミヒャエルにも編んでおそろいにしてあげようか。だったら、やはりマフラーか手袋がいいだろう。

編み物には今日刈った羊の毛で作った毛糸を使う予定だ。新鮮な毛糸を使えば、きっとさらに暖かいに違いない。

王都へ戻る道中で立ち寄った街で、編み物の本をいくつか購入した。ざっと目を通したものの、初心者のアンネリーエにはよく理解できなかった。とりあえず、シンプルなマフラーから始めたほうがいいだろう。

刺繍《ししゅう》や編み物の基本は母親から習うものだ。母親のいないアンネリーエにはその知識が全くなかった。父と兄ではそういったことまで気が回るはずもない。下手くそなものを贈るくらいなら良いものを買って贈った方がいいだろう、くらいにしか思っていなかったアンネリーエは今までその努力をしてこなかった。そのツケが今になって回ってきてしまうとは。

アンネリーエはパタン、と音を立てて本を閉じた。

人前で着けることのできるようなものを編めるとは思えない。ならばせめて、少しでもアルノーとミヒャエルの気持ちが高まるものにしたい。

「アルノー様、何色がお好きですか？」

出仕前のアルノーを玄関で呼び止め、アンネリーエはそう尋ねた。答えは一言で済むものだから、そう時間は取らせないはずだった。

それがなぜか、アルノーは眉をひそめたまま、アンネリーエを見下ろして押し黙ってしまった。

仕方がないので、簡単に説明をする。

「冬に向けて、アルノー様のマフラーを編もうと思っておりますの」

「……編み物が趣味なのか？」

趣味どころか初めてである。アルノーの問いに、アンネリーエはなるべく表情を崩さないまま、ゆったりとこたえた。

「いえ、恥ずかしながら初心者ですわ。ですから、簡単なものしか作れません。ご要望におこたえできるのは、色くらいなのです」

「……私のことは気にするな、と……」

「ミヒャエル様とお揃《そろ》いにいたしますので、色はミヒャエル様と対になるように二色で考えております。刈った羊毛の染色がもうすぐ始まりますので、今ならお好きな色を指定できますよ」

「ちょっと待て、何の話をしている」

アルノーがくるりと身を翻してアンネリーエの顔を真っ正面から覗き込んだ。久しぶりにじっくり見た冷たくも端整な面立ちに、アンネリーエがぽっと頬を染める。

「先日、実家であるバーナー伯爵領の牧場で羊の毛刈りをして来たのです」

「は!?」

「刈った毛は洗ってくしけずるのだそうですが、それはやはり専門家の仕事なんですって。下手に素人《しろうと》が手を出すと、せっかくの羊毛がだめになってしまうとか。それは羊さんに申し訳ありませんので、断念したのです。残念ながら、全てを一から手作りとは言えなくなってしまったのですが、その分心を込めて編みますのでご安心ください！」

胸の前で両手をぐっと握ったアンネリーエを、アルノーが目を見開いて凝視している。

「そうそう、染色が終わりましたら、また領へ行ってまいりますね。糸をつむぐ作業からは参加させてもらえることになってますの」

「いや、だからっ、なぜ、そこからスタートなんだっ……。というか、私に贈る必要などないと言っただろう。ミヒャエルにだけ作ってやれ。よって、行く必要はない、毛糸まで仕上がったら送ってもらいなさい。いや、まあ……糸つむぎをやりたいのなら、行ってもいいが……」

アルノーはばーっとそこまで一気に言うと、きゅっと口を閉じた。アンネリーエの桃色の瞳がまっすぐにこちらに向いているのに気付いて、急に胸が騒ぎだしたのだ。アルノーは、目元を手で隠して大きくため息をついた。

「はあ、まあ、いい。……好きにしなさい」

「ありがとうございます。それで、お好きな色は」

「何でもいい。行って来る」

「かしこまりました。いってらっしゃいませ、アルノー様」

ほんのり頬を染めたアンネリーエに見送られながら、アルノーはふらふらと馬車に乗り込んだ。

やっぱり人選を間違えた。とんでもない令嬢だった。

アルノーは執務机に肘《ひじ》をつき、頭を抱えた。

何が一から手作り、だ。あれは一からではない。ゼロからではないか。

マフラーを編もうと思ったから羊の毛を刈った？　どうしてそうなるんだ。そして、なぜ屋敷の者たちは誰も彼女を止めないいんだ。

家庭菜園くらいしたいなら好きにしたらいい。最近では鍬《くわ》まで振り上げて畑を掘り起こしているそうだが、怪我しないのならいいだろう。しかし、羊の毛刈りまではどうなんだ。実家の風習というならまだ分かるが、そうではないというではないか。

なぜそんなことをするのだ。意味が分からない。

――私の兄が、以前言っていたのです。手間暇かけて一から手作りしてくれたものをもらったら誰だって嬉しい、と。

誰だって、とはいったい誰のことだ。

そう考えると、アルノーの胸はぎゅうっと苦しくなる。それをごまかすように目を瞑《つむ》り目頭を指で揉《も》んだ。

アンネリーエが旅行から帰って来てから、アルノーは仕事に集中することができない。

彼女が旅行中の屋敷は静かで、騒いでいた心がやっと落ち着いた。彼女のいない庭の家庭菜園も、彼女とミヒャエルが日向ぼっこしていた日当たりの良いテラスも、彼女の見送りのない玄関も、ひっそりとしていてひんやりとしていた。

あてもなく屋敷をうろうろしていたら、家令が「何かお探しですか」と声をかけてきたが、そんなんじゃないいんだ。ただ、久々の静けさを味わっていただけなんだ。

その落ち着いた日々も、束の間だった。

旅行から帰ってきた彼女は、ミヒャエルと一緒に選んだというお土産《みやげ》を渡してきた。そこで、ふと、新婚旅行に連れて行ってやってないことに気が付いた。年頃の令嬢ならばそういったことに夢を見ていたのではないだろうか。

とはいえ、次期宰相であるアルノーには片付けるべき仕事が山積みで、新婚旅行どころか休日さえないのだ。

「アルノー、また手が止まってるぞ。また奥様のこと考えてるのか？」

からかうようなライナーの声が聞こえて、アルノーはハッと顔を上げた。ちょっとだけムッとしつつも、この際愚痴を聞いてもらったら、案外スッキリとしていつも通り仕事に打ち込めるかもしれない。

「はぁ……実のところ、そうなんだ」

「えっ、ままま、まさか、お前が」

アルノーは、アンネリーエの野菜作りの件、羊の毛刈りの件を簡潔に伝えた。それを聞いたライナーは腹を抱えて大笑いした。

「あははは、あんな可愛い顔して、いひひひひ、ぶっ飛んだお嬢様だな！　こりゃあいい。朴念《ぼくねん》仁《じん》のお前に案外お似合いの奥様なんじゃないか」

「どういう意味だ。私はただ単に、人見知りするミヒャエルがめずらしく懐いていたから彼女を選

んだだけで」

「いやあ。でも、お前の好物を作ってくれようとしたり、マフラーを編んでくれたり、無味乾燥なお前に歩み寄ってくれる、いい奥さんじゃないか」

「だからと言って」

「あ、ちょっと待て」

右手を上げてアルノーの言葉を遮ったライナーが、宙を見て固まった。

「これはまずいな」

「何がだ」

「そういえば数日前、お前を迎えに行った際、奥様にお前の好物を聞かれたんだった」

「私の妻と勝手に話すな」

「そう怒るなって。それで、あー、俺……やべーな……」

ライナーは額に手をあて、すぐに前髪を掻き上げ、ちょっと左上を睨んだ後、両手を腰にあててうつむいた。なかなか口を開かない様子にアルノーの眉間のしわが深くなる。

「なんだ。早く言え」

「俺、アルノーは兎肉《うさぎにく》のオーブン焼きが好きだって、教えちゃった」

確かにそれは、行きつけのレストランで必ず頼むメニューである。香草をまぶした柔らかい肉はアルノーの好物だ。

アルノーの右手から落ちたペンが、カシャンと音を立てる。

その瞬間、けたたましく椅子を倒してアルノーが勢いよく立ち上がった。

「ライナー！　今日の仕事は頼んだ！」

「えっ、いや、まさか。さすがに兎は」

「今朝、ミヒャエルはアンネリーエと一緒にフォルツ高原へピクニックに行くと言っていた！」

アルノーの言葉を聞いたライナーがあごに拳《こぶし》をあてて考えを巡らせる。

「フォルツ高原か。確かにあそこは低地はピクニックに最適だが、登れば狩場だ。しかし、狩場には歩いては行けない。馬車も乗り入れられない。馬に乗って行くしかないんだ。無理だろう」

「アンネリーエはサッカーができるんだ。馬くらい乗れるだろう！」

「ひい、アルノー！　早く行け！」

あわてたライナーが王太子殿下に掛け合い、王城の馬を借りて来た。

今朝《けさ》、玄関まで見送りに来たアンネリーエとミヒャエルは、やけに動きやすそうな服装をしていた。ピクニックに行くと言っていたから気にも留めなかったが、あれはどう見ても乗馬服ではないか。

どうしてあの時気付かなかったんだ。

アンネリーエは狩りをしたことがあるのか。猟銃を扱うことはできるのか。馬に乗れたとしても、足場の悪い高地を駆けたことはあるのか。フォルツ高原には確かに兎がいるだろう。しかし、兎だけではない。危険な動物だっているのだ。

アルノーは馬に飛び乗った。

脳裡《のうり》に浮かぶ、静まり返った屋敷。見送りのない玄関。気落ちした使用人たち。

もうあんな思いはしたくないんだ。


フォルツ高原の入り口近く、平坦な公園。虫取り網を振り回すミヒャエルを二人の護衛が見守っていた。そこから少し離れた木陰でアンネリーエと三人の侍女たちは敷物を広げ、のんびりと腰を下ろしている。

「アルノー様!?」

視力の良いアンネリーエがまっ先にアルノーに気が付いた。その声に、ミヒャエルが飛び上がって喜ぶ。

髪と服を乱し、息を切らしたアルノーに、全員が絶句した。主人のこんなあわてた姿を初めて見たのだ。

アルノーの心配むなしく、彼らは純粋にピクニックを楽しんでいたらしい。敷物に倒れるようにして座り込んだアルノーは、空を仰いだ。

すばやくハンカチを取り出したアンネリーエがアルノーの額の汗を優しく拭う。虫取り網を放り投げ、ミヒャエルがアルノーの胸に飛び込んできた。

「ちちうえ！　おしごとじゃないの？　ひとりできたの？　ジュースいっぱいあるよ。飲む？」

興奮して矢継ぎ早に質問するミヒャエルを抱き上げ、アンネリーエは自分の膝の上に座らせた。そして、先ほどまでアルノーの汗を拭いていたハンカチをくるりと裏返すと、手慣れた様子でミヒャエルの額の汗を拭う。ミヒャエルがくすぐったそうに笑い声を上げた。

幼児と同じ扱いを受けていたことに唖然《あぜん》としていたアルノーは、全員の視線がこちらに向いていることに気付き、しぶしぶ口を開いた。

「……ライナーから話を聞いて、君たちが兎狩りに出たのではないかと心配になって駆け付けた。杞憂《きゆう》でよかったが」

「まあ！　よくお分かりでしたね、アルノー様。本当は兎を狩りに来たのです。でも、入り口で出会った親切な方に、網では兎は捕まえられないと言われて断念したところでしたの」

アンネリーエののんき気な声に、アルノーは護衛が拾い上げてきた虫取り網を見てゾッとした。誰だか知らないが親切な方、ご忠告痛み入る。

放り出していた長い足を編むようにしてあぐらをかいたアルノーは、膝に手を置いてまっすぐにアンネリーエと向かい合った。

「確かに兎肉は好物だ。だが、肉は肉屋から買ったものが好きだ。香草も専門店のものがいい。オーブンは家の厨房の備え付けのものが最適で、皿は棚にある大き目のものが合うと思う」

「まあ、そうですか！　では、アルノー様のお好み通りにいたしますね」

「ああ、そうしてくれ」

ぐしゃぐしゃと髪を掻いたアルノーは、勧められるままにサンドイッチを食べ、ミヒャエルからおすそ分けされたオレンジジュースに口を付けた。

雲一つない薄い水色の青空。悠然と飛ぶ鳥の群れ。遠くに見える王都の街並み。刈られたばかりの芝生を撫《な》でる風。こうしてのんびりと景色を眺めることなんて今までにあっただろうか。

アルノーは自分が微笑んでいるだなんて思わなかった。だから、はしゃいで走り回るミヒャエルを見るふりをして、アンネリーエがその美しい笑みをこっそり堪能しているのにも、全く気付くことは無かった。

帰りはアンネリーエとミヒャエルの馬車に同乗した。遊び疲れて眠ってしまったミヒャエルを向かいの席に寝かせたので、アルノーはアンネリーエと隣同士で席に腰掛けている。

アルノーの乗って来た馬は、護衛の一人が乗ってそのまま王城へ返しに行った。侍女たちはもう一台の馬車に乗っている。

ミヒャエルの顔に日差しが当たらないように、アンネリーエが片方の窓のカーテンを閉めた。少しだけ車内が翳《かげ》る。

「アルノー様、今日はお迎えに来ていただきまして、ありがとうございます。うふふ、心配していただいて嬉しかったです」

アンネリーエがぽやぽやと嬉しそうに礼を言った。

彼女のそんな顔を見ると、アルノーの胸はまたぞろ騒ぐ。イライラするし、ソワソワと落ち着かない。いいかげんいい年なのだから、さすがに自分のこの気持ちの名前くらいとうに気付いている。

大きくため息をついたアルノーは、窓の外を見たまま口を開いた。

「……私は昔から、兄の補佐だった。家督を継ぐ兄を支えるよう躾《しつ》けられたし、そのような教育を受けた。兄が宰相になった際には、宰相補佐となる予定だった」

独り言のように語り始めたアルノーの話に、アンネリーエは黙ったまま耳を澄ませた。

「だが、兄が急死し、代わりに私が次期宰相となった。その頃両親はすでにいなかったので、代わりに家督も継いだ。義姉《あね》がミヒャエルを抱えて一人になったので、兄の代わりに二人を引き取った。私はただの代理なんだ。ミヒャエルが成人したら、すぐに家督は正式な跡取りである彼に譲る予定だ」

アンネリーエは小さく頷いた後、おずおずと口を開く。

「アルノー様は立派に働いているし、お家もきちんと取り仕切っているし、間違いなくミヒャエル様の優しいお父様です。誰の代わりでもありません。そして、アルノー様の代わりだって誰にもできません」

アルノーは窓の外から視線を外すことなく、ただ黙ってアンネリーエの言葉を聞いていた。規則正しい馬の蹄《ひづめ》の音とミヒャエルの寝息が重なり合う。

「……義姉は、言葉の違うこの国に不慣れだった。頼りにしていた兄が亡くなってからは、さらに気落ちして不安定になっていた。彼女の生国へ便りを送ると、情勢は比較的安定したと返事が来たから、一時的に里帰りさせたんだ。彼女は喜んで帰って行ったよ。ほとんど会話したこともなかったが、初めて見る笑顔だった。まあ、それが最初で最後だったのだが」

アンネリーエがこくりと頷いた気配を感じて、アルノーは目を閉じた。

「悲しいことですけど、アルノー様のせいではありません」

「……わかっている」

アルノーはゆっくりと目を開くと振り向き、隣に座るアンネリーエの顔を覗き込んだ。

「両親を亡くしたミヒャエルもまた、明らかにふさぎ込んでいた。一人ずつ家族が減ってゆき、使用人たちも口数が減り、屋敷は静かになっていった。まるで我が家だけ時間が止まってしまったかのようだった。そこで、出会ったのが君だったんだ、アンネリーエ」

アルノーの張り詰めた声に、アンネリーエが大きく瞬く。

「君が来てからというものの、屋敷は賑やかになり、ミヒャエルは明るくなった。君は我が家の生命力の灯火《ともしび》だ。きっともう、君無しでは我が家は立ち行かないだろう」

アルノーは膝《ひざ》に肘をつき、前かがみのまま両手で頭を抱えた。そして、ゆっくりと言葉を噛《か》みしめるようにして言った。

「アンネリーエ、どうか私と結婚してほしい」

「えっ!? も、もうしてますけど!?」

「そうじゃない。心の問題だ。顔合わせの際に伝えた失礼な言葉を取り消し、この先も君と夫婦として生きてゆきたい」

アンネリーエはまだ言葉の意味がよく理解できずに固まっている。彼はとても大切で素敵なことを言ってくれているような気がするのに、どうして苦悩するように頭を抱えているのだろう。

「君が私のためにサラダを作った日から、君のことが頭から離れなくて仕事が手につかない。家にいれば君の姿を探しているし、君が共にいる未来さえも想像してしまう。このままでは、きっと私は兄の代理どころか使い道のないダメな人間になってしまうだろう。この気持ちにケリをつけるためにも、どうか私と結婚してほしい」

「はい、わかりました。よろしくお願いいたします」

予想外のアンネリーエの即答に、アルノーがばっと顔を上げた。頬を染めたアンネリーエが、はにかみながらこちらを向いている。

本当に不本意だ。どうしてよりによって、こんな突飛な令嬢を。でも、もう彼女無しの未来は考えられない。

アルノーは身を起こすと、腕を組んで背もたれに寄りかかった。

「結婚指輪も作り直そう。実は、君が今つけているそれは、石もデザインも宝石商に丸投げしたものなんだ。君の、アンネリーエの好きな指輪を買おう」

「嬉しいです。お揃いにしましょうね」

「それから、新婚旅行もまだだっただろう。どこか行きたいところはあるか？」

「まあ、素敵。ええと、あっ、そうだわ。結婚指輪につける宝石の採掘に鉱山へ……」

「却下だ。新婚旅行にうってつけという流行の場所を私が探して決めよう」

「はい、ありがとうございます。楽しみです」

屋敷に到着し、馬車を降りてきたアンネリーエはやけに上機嫌で、顔がまっ赤になっていた。奥様に一体何をしたんだ、と、侍女たちに詰め寄られたアルノーが、ミヒャエルの目の前で不埒《ふらち》な真似などするはずがないだろう、と怒った。

「したわね」

「したのね」

「絶対したわ」

「してない！　行くぞ！　アンネリーエ！」

ささやく侍女たちを睨《にら》みつけ、眠るミヒャエルを抱きかかえたアルノーはそう怒鳴った。あの日のトマトのように赤い顔をしたアンネリーエは嬉しそうに、屋敷に向かうアルノーの背を追った。

「ちちうえ、あのね。フィリップくんの家のサラダにはね、エビとゆでたまごがはいってたんだよ」

「そうか、うまそうだな」

朝食の席で、アルノーがミヒャエルの話に相槌《あいづち》を打つ。

朝一番で屋敷に届く新鮮なミルク。ボイルしたソーセージはアンネリーエの実家から届いたものだ。アルノーの皿にだけピリリと辛いチョリソーが載っている。添えられたパセリの苦みにミヒャエルが顔をしかめた。アンネリーエは半熟の目玉焼きにナイフを入れ、あふれ出した黄身をパンですくってぱくりと頬張った。アルノーの目の前で、とうに空になっている奥様特製サラダの入っていた皿をメイドが下げていく。

昨日、ミヒャエルとアンネリーエは、とある公爵家へ招待されていた。年の近い子息のいる貴族を集めた食事会である。友人ができたミヒャエルはそれは満足げに帰宅したらしい。

子供の頃に兄とアルノーもそのような食事会に放り込まれたことがある。様々な爵位の子息が集まるその場は、小さな社交界そのものだった。聡明で人当たりの良い兄はすぐに友達ができたものの、アルノーは兄の陰に隠れてそれを眺めるばかりだった。ミヒャエルは間違いなく兄の血が強いのであろう。

一夜明けても興奮冷めやらぬミヒャエルは、昨日のできごとを余すことなく伝えて来る。微笑ましくその話を聞いていたアンネリーエが、ふとささやく。

「とてもおいしい食事でした。アルノー様にも食べさせてあげたかったですわ。……ここからなら、アンダーシュ渓谷と……」

フォークを置いて考え込むアンネリーエを一瞥《いちべつ》すると、アルノーは動じることなく食事を続けながら述べた。

「アンダーシュ渓谷にはエビはいない。エビは鮮魚店に用意させなさい。それから、卵も厨房に用意してあるもので十分だ」

アンネリーエがきょとんとした後、満面の笑みを浮かべる。

「そのようにいたしますわ。そうそう、私にもお友達ができたんですよ。いくつか年上の方なのですけれど、あちらから話しかけてくださって」

「ほう。公爵夫人ではなく？」

確か公爵夫人はアルノーよりも年上だったはず。六歳のフィリップの上に三人の息子がいる子育てのベテランで、毎年貴族子息たちの交友の場を提供してくれている方だ。いくつか年上というには少し無理がある。

「ええ、その方にはお子様はいらっしゃらないそうで、姪《めい》っ子さんをお連れだったとか。義理の妹様が臨月なので、代わりに出席したのだとおっしゃってましたわ」

「どこの家の……」

「ちちうえー。からいソーセージおいしい？」

ミルクでパセリを流し込んだミヒャエルが声を上げた。

「ミヒャエル。人の話の途中に割り込んではいけない」

「はあい」

「ミヒャエル様。辛いのはまだ無理ですよ。お口が腫《は》れちゃいます」

アンネリーエがナプキンでミヒャエルのミルクまみれの口を拭《ふ》いてやる。

「ちちうえはからいのなんさいから食べられるようになったの？」

何歳から？　いつから、なんて覚えていないけれど、ミヒャエルの歳の頃には食べていなかった気はする。

アルノーは残っていたチョリソーの最後の一切れを口に放り込んだ。

「昨日だ」

「きのう!?」

ミヒャエルが真ん丸に見開いた目を何度もぱちくりさせた。きのう？　そうだった？　おとついは？　その前は？

思わず吹き出したアンネリーエにつられて、アルノーもまた少しだけ口の端を上げる。質問の止まらなくなったミヒャエルの声に、アンネリーエの笑い声。楽し気な食堂を覗き込む厨房の職員たち。

控えていたメイドたちがちらりと窓の外を見やる。奥様の家庭菜園はもうすぐ何度目かの収穫を迎えるころだ。

ゼーバルト侯爵家のいたって平和で、いつもの朝食の光景であった。

Episode 2

夜会

Koshakuke no
itatte heiwa na
itsumo no shokutaku

「ここは元々、私の父の書斎だった。その隣が応接室と資料室だ。これらを大幅に改装して私たちの私室と寝室にしようと思う」

アルノーの言葉に、アンネリーエがゆっくりと頷いた。

ずいぶんと長いこと使われていなかったのだろう。部屋は定期的に掃除されているものの、空っぽの大きな本棚と古ぼけたソファが置いてあるだけで、空気はひんやりとしていた。

ゼーバルト侯爵家のタウンハウスは王都にあるというのにかなり広い。以前はアルノーの両親、兄家族、それぞれの侍従や侍女、屋敷の使用人たちが住んでいた。今では空き部屋ばかりになっている。しかも、ゼーバルト侯爵領にある屋敷はさらに広いというではないか。

アンネリーエの実家であるバーナー伯爵邸も広かったがここまでではない。それに、空き部屋などあろうものなら、父と兄が奪い合ってそれぞれコレクションを飾ったり趣味に没頭するための私室にしてしまう。里帰りした時のためにと、兄の妻である義姉《あね》がアンネリーエの部屋を死守してくれているらしいが、それも時間の問題かもしれない。

家によって屋敷に対する認識が違うものなのだなあ、とアンネリーエは考えていた。それを不満そうだとアルノーは思ったのだろう。少しあせった様子で一方的に話し始めた。

「もちろん君の部屋は君の好きなようにしていい。壁紙も床も張り替えよう。家具も全て新しく買い揃えたらいい」

「えっ？　あら、まあ。でも、今使っているもので十分ですわ。机も椅子もソファも使い心地が良いので」

「君が今使っているのは客室だ。使い古しの家具を君の部屋に持ち込み、ほとんど使う予定の無い客室の家具を新品にするのは本末転倒ではないか。いや、まあ、君があの家具をことさら気に入っているというのならそれでもいいのだが。しかし、それならば同等のものを新品で買えばいい」

「使い慣れているというだけで、そこまで気に入っているわけではありませんわ」

「では、なおさら新しいものにしよう。君はこの侯爵家の夫人なんだ。値の張ったものにしたっていい」

アルノーはそう言うと、壁際の本棚へ向かって歩いて行き、引き出しを開けた。キィ、と軽く軋《きし》む音がした。

「古いものをただ残すことだけが思い出を大切にするということではない」

アルノーはそうつぶやき、空の引き出しを静かに閉めた。


その夜、アルノーは自分の部屋で机に向かっていた。侯爵領の運営は信頼の置ける親戚に、屋敷内のことは家令に任せているとはいえ、最終的な決裁はアルノーの仕事だ。ここのところ忙しくて後回しにしていた書類が溜まり気味だった。時間のある時にできるだけ減らしてしまいたい。

「旦那様！　旦那様！」

けたたましくドアが叩かれ、それと同時にあわてた侍女頭の声が聞こえた。アンネリーエが出て行かないことに安心した使用人たちは、アルノーのことを旦那様と呼ぶようになった。まさか自分がこの屋敷の主人になるとは今まで思ってもいなかったので、まだその呼び名には違和感しかない。

「どうした」

内心戸惑いつつも、平然とした表情でアルノーがそう尋ねると、少しだけ落ち着きを取り戻した侍女頭が背筋を伸ばす。

「奥様が怪我をされました」

「アンネリーエの容態は？　医師は呼んだのか」

「いえ、そこまでのお怪我ではありません。寝室にお連れしますので、少々騒がしくなります」

「わかった」

「怪我というほどのものではありませんのに。ただ、足が攣《つ》っただけですわ。お騒がせしてすみません」

ベッドに腰掛けたアンネリーエがしょんぼりと頭を下げた。

話を聞けば、侍女たちと一緒に就寝前のストレッチをしていたと言う。近頃、何やらわいわいと部屋で何かをしているとは思ってはいたがそんなことを。

「先日の公爵家のお食事会で、社交界の美の女神と謳《うた》われるフィリーネ様に教わったのです。夫の心を捉えて離さない、魅惑のボディを維持する美のストレッチを。くびれた腰と引きしまった足を作るポーズというのがあって、こう足を上げて……いたたた」

「やめなさい。また攣るぞ」

ベッドの上に放り出されたアンネリーエの足をアルノーは呆《あき》れ顔で見つめた。魅惑のボディとは何だ。意味がわからない……。

「別に君はそのままでいい。そりゃあ健康でいてくれるのはありがたいが、私のためなら無理をするのはやめなさい。まあ、君に理想の体型がありそれに近付きたいので努力するというのならかまわないが」

「はい、アルノー様。ほどほどにしますわ」

「分かったのなら、水を飲みなさい。水分不足でも足が攣ることがあるそうだ」

アルノーはそう言って、水差しから常温のミント水をグラスに注いだ。それを受け取ったアンネリーエがグラスに口をつける。きちんと飲んでいるかを確認するため、アルノーは彼女の様子をじっと眺めていた。

「飲んだら横になりなさい。待て、なんて顔をしているんだ。足を痛めている君に不届きな所業をするわけがないだろう。ほら、足を出しなさい。揉んでやろう」

「そんな、悪いです」

「寝ている時に攣ったら痛いだろう」

「じゃあ、終わったらアルノー様の肩を揉んであげますね」

そう言ったアンネリーエは一分後にはすやすやと眠ってしまった。両足のふくらはぎを念入りにマッサージして、アルノーはアンネリーエに布団をかけてやった。

仕事に戻るか。

音を立てないようにそっと立ち上がり、ドアの前で振り返った。アンネリーエはぷうぷうと不思議な寝息を立てて眠っている。その健《すこ》やかで穏やかな顔を見ていたら少しだけ肩の凝《こ》りも軽くなったような気がした。そのままドアノブに手を伸ばしたものの、ふとその動きを止める。

ちょっと待て。人間は寝ている時に、ぷうぷう、という奇妙な音を発するものだろうか。

さっと踵《きびす》を返したアルノーは、そっとアンネリーエの首の下に手を入れて持ち上げ、枕の位置を直してやった。寝息は、ぷうぷう、から、すうすう、に変わった。しばらくその寝顔を見つめ、様子に変化がないのを確認してから、今度こそ寝室を出て仕事に戻ったのだった。


アルノー・ゼーバルトの評判は至ってあまり良くない。

悪いわけではない。かと言って、良いわけではない。そういうことだ。

冷血漢で仕事人間。アルノーを形容するのならそれに尽きる。

まず、次々と家族が死んでいった。彼が悪いわけではないのだが、こうも続くと呪《のろ》われているのではないか、とか、近付くのは縁起が悪い、とか、終いには侯爵家を手に入れるために自ら家族を手にかけたのでは、などと口さがなく噂する者すらいた。

そして、寡婦となった義姉と結婚することになった際には、元の婚約者との婚約解消の手続きを淡々と行う様子もまたそれに拍車をかけた。アルノーにしてみれば、そういった手続きを行う部署に勤めているのだから当然なことなのだが。

見るからに冷淡そうな青白い肌に銀髪と琥珀色の瞳。必要最小限のことしか話さないし、その口元には笑みを浮かべることなど一切ない。

そんなアルノーが、今、目の前で、眉間《みけん》に深いしわを寄せている。とうとう大きなため息までついた。

いつも静かな執務室にはさらに重い沈黙が訪れていた。並んだ机に向かう事務官たちはペンを走らせる音、果てには自分の呼吸音さえも遠慮するように息をひそめていた。一番奥の席にいるアルノーは右のこめかみに手をあて、口の中で何かをぶつぶつとつぶやいている。

「どうして……なぜそうなるのだ……」

かすかに聞こえてきた声は苦悩に満ちていた。

アルノーがこうして顔を曇らせたり、ごくまれにではあるが、何となく機嫌が良さそうな様子を見せるようになったのは、最近のことである。

それは、突然執務室を飛び出しそのまま早退した、あの日からだ。アルノーが仕事を放り出すなんてことをするのは初めてだった。家族が亡くなった時だって、きちんと自分の分の仕事は終わらせていたというのに。

「何かあったのですか」

と、尋ねても、何もないが？　といつもの不機嫌そうな顔で答えが返ってくるだけだった。しかし、あの日彼に何かがあったのは明らかだった。本人が何も言わないのなら、それ以上追求することはできないのだが、事務官たちは人間らしさをかすかに見せるようになった上司に少しだけ親近感を抱き始めていた。

この部屋は、王太子付きの事務官のための執務室である。同じ階の奥には王太子殿下の執務室がある。王太子殿下は将来国王となるお方だ。つまり、この部屋の室長であるアルノーが近い未来には国王を支える宰相となるのだ。

数年前まではアルノーの兄、クルトがその席に座っていた。クルトはアルノーとは対照的にとても柔和な人物だった。どんな時も話しかけやすく、穏やかな性格だった。クルトが不慮の事故で亡くなった後、彼の補佐をしていた弟のアルノーが後を引き継ぐことになった。アルノーは非常に仕事ができたので、誰も文句は言わなかった。

しかし、アルノーは非常に話しかけにくい。あの透き通った薄黄色の瞳に見つめられると、ともかくにも自分が悪かったのだと思わされてしまい言葉が出なくなってしまう。仕事は進むのだがやりづらい。

それがどうしたことだろう。彼の苦悩する姿を見たら、相談に乗ってやりたくなる。どうしたのだ、と声をかけたくなる。

同じ執務室で机に向かう事務官たちは、アルノーのわずかな変化に少しだけわくわくしていた。もしかしたら、アルノーも同年代の同じような悩みを抱える仲間なのではないか、と。

「おい、アルノー」

室長補佐であり側近のライナーが声をかけた。こめかみを押さえうつむいていたアルノーが顔を上げる。いつもの温度の無い表情に戻っていた。

「なんだ」

「アルノー。お前、宰相閣下に提出する書類の補足資料は持って来たか？」

ライナーに問われ、アルノーが器用に右の眉だけを上げる。

「朝、迎えに来た時にお前に渡しただろう」

「そうだっけ？　覚えがないな」

「何を言っている。確かに渡した」

アルノーに睨まれたライナーがわざとらしくあごに手をあてた後、ううん、と唸《うな》る。そして、おもむろに窓の外に視線を向けた。

「おや、アルノー。見てみろ」

ライナーに促され窓の外を見たアルノーがぎょっとした。

「ああっ、あれはもしや！　忘れた書類を届けに来てくれたのでは？」

ライナーがわざとらしく棒読みの声を上げ、アルノーがこれ以上ないほどに顔をしかめる。

「貴様、謀《はか》ったな！」

アルノーはまるで劇中のセリフのような言葉を吐き、ライナーが大げさに手を広げて首を振る。

何事かと事務官たちが並んで窓の外を覗いた。植え込みの向こうの道路に、貴族らしい品のあるドレスを着た女性が立っている。子供の手をひき、道に迷った様子で辺りを見回していた。王城の敷地内には許可が無ければ入ることはできないはずだ。すれ違う王城の職員たちの注目を集めていた。

女性は大きな帽子《ぼうし》をかぶっていて顔はよく見えないが、手をひかれている子供はやけに見覚えのある黄みがかった銀髪だ。

ガタン！　と音を立てて立ち上がったアルノーが憎々しげにライナーを睨んだ後、足早に部屋を出ていった。ライナーを始めとする面々は窓に張り付くようにしてその後の成り行きを見守った。


朝、アンネリーエとライナーが何やらこそこそと話していた時から違和感はあった。

そもそも、アンネリーエが朝食の席で「まずは壁紙が何からできているのか知りたい」などと言い出したからだ。

「お仕事を頑張ってるアルノー様の疲れを癒《いや》せるような柄がいいわ。やっぱり一から自分で手掛けたお部屋はとりわけ愛着が湧くと思いますし」

また始まったか、とアルノーは頭を抱えたくなった。が、ミヒャエルの手前、我慢した。

「何度も言うが、君のそれは一からではない。ゼロからだ」

「本棚の木材って近隣で採れるかしら。斧《おの》を振るのは難しいと思うので、せめてその様子を見せていただきたいものですね」

アンネリーエはそう言って、パプリカのマリネをぱくりと口に入れた。それを見ていたミヒャエルが、おそるおそるマリネに手を伸ばす。

「壁紙と床材、それから家具。専門業者を侯爵領から呼び寄せる。彼らから購入しなさい。領民あってこその領主なのだ。仕事を奪ってはいけない。話は通しておいてやるから、気の済むまで質問してくるといい」

アルノーは一気にそう言うと、ほうれん草の入ったオムレツにナイフを入れた。ミヒャエルがマリネの酸っぱさに涙目で震えている。

まったく。好きなように部屋を模様替えするよう言っただけなのに、なぜ木を切り倒そうとする。どうしてそうなるのだ。

そんなことで頭がいっぱいだったせいだ。ライナーがアンネリーエに話しかけるのを阻止すべきだったのだ。

「アンネリーエ」

通用口から飛び出して、最短距離で彼女たちの元へ駆けつけた。アンネリーエは首までしっかりと締まった落ち着いたデザインのドレス。ミヒャエルは貴族の子息らしく仕立ての良いジャケットに半ズボンだ。二人ともしっかりとめかし込んで来ている。

「アルノー様。ライナー様から預かった書類をお届けにまいりました」

「…………ありがとう」

書類の入った封筒を受け取ると、アルノーはもう片方の手でアンネリーエの帽子をぐっと引っ張ってより深くかぶらせた。執務室の窓に、ライナーたちが張り付いているのが見えたからだ。

「確かに受け取った。馬車まで送ろう。さあ、早く」

「大丈夫ですわ。私たちこの後、王城の図書館へ行く予定なのです。アルノー様はお仕事にお戻りください」

アンネリーエがバッグから一枚の用紙を取り出す。『入城許可証』と書かれたそれには、身元保証人の欄《らん》にライナーの名前が書いてある。

「ライナー様のお家の壁紙はどんな素材かお尋ねしたら話が弾みまして、それなら図書館で専門書を見るといい、と言って許可証をくれたのです。お優しくて気の利く方ですね、ライナー様って」

「だったら私が保証人に、いや、もういい。はあ、図書館まで案内しよう。見たらすぐ帰るんだ。いいな、すぐにだ」

「はい、アルノー様」

アンネリーエの返事に頷き、アルノーはミヒャエルを抱き上げた。この子の歩幅に合わせていたら日が暮れてしまう。

「ちちうえ」

アンネリーエに合わせて歩くアルノーの腕の中で、ミヒャエルが体をよじって周囲の建物を眺めている。

「ちちうえはここではたらいているの？」

「ああ、そうだ。……中には入れないぞ」

「ふうん」

どこかから小鳥の鳴き声が聞こえた。ミヒャエルは振り返って小鳥を探している。

アルノーはそっとその小さな頭を一度撫でた。ああ、そうだ。お前の本当の父親もここで働いていたんだよ。口にしなかった言葉が消化できないまま腹に溜まってゆく。

「アルノー様、王城にはバラ園があると伺いました。図書館までの道のりにありますでしょうか」

「まったく反対方向だ」

「あら、そうなのですね」

アンネリーエは変わらない笑顔でそう返事したものの、声が少しだけ残念そうだ。ぐぎぎ、と口の端を歪《ゆが》めて、アルノーが悩む。

「仕方ない。バラ園を見せてやろう。私は仕事に戻らなければならないから、少しだけだぞ」

「ありがとうございます！　アルノー様」

「いや。バラ園は入城できる者であれば誰でも入ることのできる場所だ。私に鑑賞を禁止する権利はない」

アンネリーエの背に手を添え、くるりと振り返り進行方向を変える。すると、今まですれ違った人々が全員立ち止まりこちらを向いていた。彼らはあわてて背を向けて去ってゆく。

あれは何、あれは？　と、目に入るもの全てが不思議なのか、ミヒャエルが次々と質問をしてきた。簡潔にではあるが、その一つ一つにきちんとこえたえるアルノーの姿に、アンネリーエは思わず頬が緩んでしまった。

ほどなくしてバラ園に着いた。アルノーの腕から下りたミヒャエルは、しゃがみ込んでバラの説明が書かれたプレートに見入っている。指を添えて文字を追い、美しいバラよりも覚えたばかりの文字を読むことに夢中になっていた。

「やっぱりきれいですね。うちの山に生えている野バラとは違います。あ、うちっていうのは、実家の山のことで」

「ああ、分かっている。我が家の庭には野バラはない。そもそも、山はない。庭にバラを植えたいのなら、好きなだけ植えてもいいぞ。ん？　そもそも、うちにバラは植えてないのか？」

あごに手をあて考え込んだアルノーに、アンネリーエがくすりと笑みをこぼす。

「きれいな赤とピンクのバラが植わっていますわ。玄関からすぐの植え込みです。でも、ここのバラほど大きくはありません。肥料が違うのかしら」

「庭師に聞いてみたらいいんじゃないか?」

アルノーはそう言い、庭師を探して垣根の向こうに視線を移すと……、いつの間にかミヒャエルがずいぶんと向こうにいるではないか。しかも、年かさのいった庭師に何やら話しかけている。アンネリーエの手を引いてあわてて駆け付けた。

「おじいさん、こしがいたいの? そのバケツは僕がもってあげるよ」

「ありがとう、親切な坊ちゃん。でも、それはわしの仕事ですからお気になさらずに」

「ミヒャエル」

アルノーの呼び声に、ミヒャエルが振り返る。庭師が古びた帽子を脱いで深く頭を下げた。禿《は》げかかった白髪頭があらわになる。

「これは、ゼーバルト侯爵閣下。もしやこのお子さんは、閣下の?」

「ああ、うちの子が無作法にすまない」

アンネリーエが優しく、かつ、すばやくミヒャエルの手を取る。アルノーはいつもの無表情で目礼だけしながら謝罪の言葉を口にした。

「いいえ、いいえ。とんでもない。お優しくて、利発なお坊ちゃんです。そうですか、この子が侯爵の」

庭師がそこで言葉を切り、しわをさらに深くして懐かしそうに目を細める。彼は長く王城に勤める庭師だ。アルノーの兄、クルトのことを覚えているはずだ。もしかしたら、兄は妻のグラシエラを連れてこの庭を訪れたこともあったかもしれない。

「もしよければ、妻の質問にこたえてやってくれないか。バラの育て方に興味があるらしい」

アルノーに背を押され、アンネリーエがおずおずと前に出る。アルノーはミヒャエルを連れ、バラ園をゆっくりと見て回った。こうしてゆっくりと花を眺めるのは初めてだった。

やっぱりミヒャエルはバラよりも、他のことの方が楽しいらしい。分からない文字を尋ね、蝶《ちょう》を追いかけ、敷石のでこぼこした手触りに感心していた。そんなミヒャエルに付き合っているうちに、すっかり時間は過ぎていた。アンネリーエと庭師の元へ戻ると、二人はまだ話し込んでいる。アルノーに気付いた庭師が立ち上がった。

「侯爵閣下。奥方にこんなにもバラに興味を持っていただいて光栄です。どうぞバラを持って帰ってください」

「いや、これは王城のバラだ。王城のものということは、王家のもの。勝手にもらうわけにはは」

「いえいえ。これでもわしには、ある程度の権限はあるんですよ。たくさんはあげられないが、これ、これなんていいだろう。明日には咲く」

庭師はそう言って、腰にぶら下げたバッグから鋏《はさみ》を取り出し、バラを数本切って小さな花束を作った。

「切ってしまったのなら仕方ない。アンネリーエ、せっかくだからいただきなさい」

「ありがとうございます！　とってもきれい。お部屋に、いえ、玄関に飾りましょうね。たくさんの人の目に触れるところへ。庭師のおじいさん、できたらそこの土もついでに、少し」

アンネリーエはそう言い、特に大きなバラが咲いている木の根元を指さした。

庭師の手からバラの花束を奪い取ったアルノーは、そのままそれをアンネリーエの手に握らせる。

「これから図書館へ行くのだろう。土を抱えて入館するつもりか。土は専門の業者に用意させ、屋敷に運ばせる。庭がいいならそこを整備するし、花壇がいいなら花壇を作ろう。バラの苗木も好きなものを取り寄せなさい。植えるところまで業者にやらせなさい。君の仕事はどこに植えるかを決めることと、水をやることだけだ。手入れは我が家の庭師に任せなさい。けして棘《とげ》に触れることのないよう」

突然早口でまくしたてたアルノーに、庭師が驚いて目を見開いている。かと言って、彼女に好きにさせることはできない。高山に咲くめずらしいバラを採りに行く、などと言い出しかねないのだから。

「はい、アルノー様。わかりました」

アンネリーエは嬉しそうに少しだけ頬を赤く染めて頷いた。突飛な思考の持ち主だが、聞き分けがいいのだけは助かる。

「さあ、もう行こう。花束は持っていてやるから。図書館が閉まってしまうぞ」

アルノーは庭師に礼を言い、ミヒャエルを抱き上げた。アンネリーエの背中をぐいぐいと押して、足早にバラ園を後にした。なぜなら、奥のベンチには王太子とその妃殿下と、二人の息子である第一王子の姿があったからだ。見られただろうか。

もしそうだったなら、面倒なことになりそうだ。

残念ながら、アルノーの予感は大当たりした。その日の夕方に、めずらしいバラの苗と花卉《かき》用の培養土が大量に侯爵家に届けられたのだ。送り主は王太子。宛名はゼーバルト侯爵夫人だ。庭師との会話も筒抜《つつぬ》けだったらしい。

王太子の執務室の前で立ち止まり、アルノーは右手で眉間を揉んだ。はああ、と大きなため息をつくと、ドアの両隣に立つ番兵が首を傾げる。いつまでもここでこうしているわけにもいかないので、覚悟を決めて執務室に踏み入った。

「待ってたよ、アルノー。遅いじゃないか」

部屋の中央で、王太子ウルリヒがソファの背に両手を乗せ尊大にアルノーを待ち構えていた。アルノーは入り口から二歩ほど進んだところで、恭《うやうや》しく頭を下げた。

「王太子殿下におかれましてはご機嫌麗しゅう存じまして、御目通りかないましたこと恐悦至極でございます。この度は妻にたいそう貴重なものを賜《たまわ》りましてありがとうございました。我が家の家宝として末代まで大切にさせていただきます。以上。では、私は執務に戻らせていただきます」

「待て待て待て」

呆れ顔のウルリヒが身を起こした。

さっさと退出しようとしたのに、ウルリヒの侍従が笑顔でドアノブを押さえている。その手の上から無理やりドアノブを回すが、存外侍従の力が強い。

「アルノー、茶を入れてやったぞ。まあ、座れ」

見れば、ウルリヒ自らがポットからカップに紅茶を注いでいた。アルノーはしぶしぶ向かいのソファに腰掛けた。

「アンネリーエ夫人だったか？　意外と仲が良さそうで驚いたよ。夫婦円満、何よりじゃないか」

黒髪に凛々しい顔つきのウルリヒが意地悪そうに片方の口の端を上げる。彼はアルノーの兄と同級生だった。学生時代は家にも遊びに来ていたので、古い付き合いでもある。身分は全く違うのだが、二人だけの時はこうして気安く話しかけてくるのだった。

「まあ、いいかは分かりませんが、仲は悪くはありません」

「ミヒャエルも随分と大きくなっていた。アンネリーエ夫人にもよく懐いているようで安心したよ。あの子を守るために強制的に結婚させたようなものだったから、気にはしていたんだ」

ウルリヒが行儀悪く、ずずず、と音を立てて紅茶を飲み干す。そして、また自分でポットから紅茶をカップに注いだ。

「ミヒャエルは侯爵家の跡取りとして大切に育てられている。良からぬ思惑などない、と示す必要があった。そのために、彼女はちょうど良かったんだ。政治に関与せず、社交的すぎない。そして、正直に国に多額の税を納めている、足元のしっかりとした善良な伯爵家。正直、娘の人となりを調べるほど時間がなかったから、そこだけが気がかりではあった」

安心したよ、と、もう一度つぶやいて、ウルリヒは微笑んだ。アルノーは無表情のまま、その笑顔を真正面から見つめて言った。

「正直なところ、初めは面倒事を押し付けられたと思っていたのですが、まあ、今は感謝しています。彼女と出会わせていただいたことを」

めずらしく心の内を語ったアルノーの言葉に、ウルリヒが目を見開いた。

「お、お前、人間らしいところもあるんだな」

「人間だと思ってなかったのですか」

「たまに」

「……」

「良かったよ、お前が幸せになってくれて」

まっすぐに見返してくるウルリヒの表情は、上司というよりも、家族のような慈愛に満ちていた。

何だか気まずくなってきたアルノーは目を逸らし、咳《せき》ばらいをしてから静かに紅茶に口を付けた。

紅茶をぐびっと一口飲んだウルリヒが自分の膝を叩いた。

「ようし、今度はアンネリーエ夫人を連れて来い」

「は!?」

「会ってみたくなった。話を聞きたい。そうだな、次の王城の夜会に招待しよう」

驚いたアルノーが、がちゃん、と音を立ててティーカップをソーサーに戻した。

「嫌です。お断りします」

「そうだ、ミヒャエルも連れて来い。うちのルーカスと遊ばせておこう。俺とカトリーンが夜会の間、あいついつも退屈してるんだ。ちょうどいい」

ルーカスとは、ウルリヒとその妻のカトリーン妃殿下の息子だ。子連れで夜会に参加しろ、だなんて、とんでもないことを言う。いや、そんなことよりも。

「王城の夜会だなんて、行けるわけがない」

「ああ、急にドレスの用意はできないか？　だったら、うちのカトリーンに言って何とかさせよう。当日は侍女の派遣も」

「確認しますが、王城の夜会ということは、めずらしい食材を使った料理や貴重な調度品があるのでは？」

アルノーが険しい表情でウルリヒをきつく問い詰める。

「は？　そりゃあお前、あるに決まってるだろう」

ウルリヒは困惑しつつも、大きく頷いた。

「他国から献上されためずらしいものは、そういう時に振る舞うものだ。そこでの評判を参考にして、今後の輸入量を決めることだってある。それくらい分かっているはずだろう、お前」

「それは、まずい……」

アルノーの顔色がどんどんと曇ってゆく。

「なぜだ」

「こっちの話です。平凡でありきたりな料理に、簡単に手に入る装飾に替えてもらえませんか。せめて、大広間だけでも」

「い、意味がわからん。とにかく、王家の名で正式に招待状を送っておく。必ず来いよ、アルノー。おい、何だ。その顔は。王太子に向かってする顔じゃないぞ」

ウルリヒは大きな体を縮こませるようにして肩をすくめている。アルノーは彼の青い瞳を睨みつけた後、大きくため息をついた。


夜会当日、アンネリーエは早朝から三人の侍女たちによって磨き上げられ……ることもなく、ミヒャエルと一緒にのんびりと昼食をとっていた。アルノーはこんな時でもきちんと王城へ出仕し、定時まで仕事をしてくるそうだ。

突然送られてきた夜会への招待状にアンネリーエは目を丸くして驚いたが、様々な準備は全てアルノーが手配済みだった。その日のうちにアルノーの側近ライナーの妻がやってきた。彼女が着ている露出度の高いドレスにぱちくりしている間に、王都のドレスショップへ連れて行かれ、流行最先端のドレスを試着させられていた。お直しを終えたドレスと靴が屋敷に届いたのは昨日のことだ。

スカートの裾《すそ》にカラフルな花の模様が描かれた若草色のドレスは華やかな感じがしてとても気に入

った。

　昼食を済ませ、ミヒャエルと少しだけ昼寝をした。頭がすっきりとしたところで、夜会の準備に取りかかる。クリスタが念入りに肌にクリームを塗り、ニコラが髪を結い、ユッタが化粧《けしょう》をほどこす。三人がそれぞれ同時に作業するので、あっという間に準備は整った。

「アンネさま、とってもきれい」

　部屋をのぞき見していたミヒャエルが、鏡越しに姿をあらわした。アンネリーエに微笑まれ、嬉しそうに走ってきたミヒャエルもまた、おめかししている。夜会に出席しないとはいえ、第一王子と共に過ごすので、それなりに上等な衣装を用意した。

「ミヒャエル様もとってもカッコいいですよ」

　アンネリーエに褒《ほ》められ、ミヒャエルは両手を広げてくるくると回って喜んでいる。

　二人で馬車に乗った。もう一台には、ユッタとニコラ、そしてクリスタが乗っている。ほどなくして王城に到着したものの、なぜだかドアは開かれない。不思議に思いながらもしばらく待っていると、やっとドアが開いた。

「待たせてすまない」

　軽く息を切らしたアルノーが顔を覗かせた。仕事が早く終われば屋敷へ一度戻ると言っていたが、どうやら無理だったようだ。王城のどこかで着替えたらしい。朝とは違う、正装に身を包んでいる。馬車を降りようと腰を浮かせたアンネリーエを押しとどめ、アルノーが馬車に乗り込んできた。

「アルノー様？」

アンネリーエの隣に座ったアルノーの膝の上に、ごく自然にミヒャエルがよじ登る。それを気に留めることなく、アルノーは上着の内ポケットからビロードの箱を取り出した。開くとそこには、豪華なビジューネックレスが入っていた。ボリュームたっぷりに揺れるそれはどう見ても全て本物の宝石で、真ん中に品の良い黄色のトパーズが付いている。

「アンネリーエ、後ろを向きなさい」

アルノーはそう言うと、ネックレスをアンネリーエの首にかけた。耳元でシャランとハープを奏でるような涼やかな音がして、アンネリーエはその高級感に思わず身が震えてしまった。うっかり壊したり無くしたらどうしよう、と思ったけれど、もたもたと慣れない手つきでなかなか留め具を留めることのできないアルノーの気配に、まあいっか、という気がしてきた。

胸元の大きく開いたドレスに、ネックレスはよく似合っていた。窓に映る自分を確認していたら、アルノーと目が合った。

「新品を用意する時間がなかったので、それは私の母のジュエリーをリメイクしたものだ。すまないが今日のところはそれで我慢してほしい。後日、新しいものを購入しよう」

「いいえ、私には十分すぎるくらいですわ。それに、このトパーズがとってもきれいで気に入りました」

アンネリーエがそう言いながら、ネックレスをするりと撫でる。アルノーは気まずそうに一度だけ口を歪め、目を逸らした。

「母が持っていたものの中で比較的早めにリメイクすることができるのがこのネックレスだっただけで、私の瞳と同じ色であるのはただの偶然だ。父も母も兄も髪や瞳にこの琥珀の色は持っていない。たまたま、母がこの宝石を持っていただけで、私とは全く関係ない。だから、何の意味もないものだから気にしないように」

「ほんとうにー？」

「本当だ」

屈託のないミヒャエルの声に、アルノーが即答する。

「ええ、わかりまし……あっ、え？　まあ」

膝にミヒャエルを抱いたアルノーの姿を見て、アンネリーエが声を上げた。

「アルノー様とミヒャエル様、おそろいの衣装なのですね！」

「ああ、全く同じではないが」

ミヒャエルとアルノーの衣装は色も形も違うが、襟とポケットのフラップに同じ生地が使われている。髪色が同じなだけあって、こうして並んでみると、ミヒャエルが小さなアルノーに見えてきた。

「誰が見ても私の子だとわかるようにしておけば、余計なやっかい事を回避できることもある。まあ、逆もあるだろうが、益の方が多いだろう」

眉をひそめてミヒャエルを見下ろしたアルノーが静かに言葉を続けた。

侯爵家の人たちは、けしてミヒャエルを一人にはしない。必ず側に誰かがついている。その余計なやっかい事とは何だろう、とアンネリーエは思ったけれど、口から出たのは心の底からの素直な感想だった。

「まあ、なんて可愛いのかしら」

「かわ…………、人前でそういうことは口にしないように。行くぞ、夜会はもう始まっている」

「はい、アルノー様」

ドアを開けようとしたアルノーは、ふとその手を止めた。逡巡《しゆんじゆん》しながらゆっくりと振り向き、伏し目がちに口を開いた。

「……少々首元が開きすぎな気もするが、よく似合っている。と、思う」

しばらくの間、アルノーと見つめ合ったままポカンとしていたアンネリーエだったが、ドレスのことかとやっと気付いて、ぱぁっと嬉しそうに微笑んだ。

アルノーに手を引かれ馬車を降りると、かすかに辺りからざわめきが起こった。顔を上げると、夜会に出席する人々なのだろう、視界にいる全員が驚愕《きようがく》の表情を浮かべながらも興味津々に自分たちの方を凝視している。何かおかしかっただろうか、とドレスや髪を確認したがよく分からない。

「奥様、大丈夫です。年に一度、王家の年始のあいさつの夜会にしか出席しない旦那様がいらしたことに皆様驚いているだけです。奥様には何一つ非はございません」

いつの間にか背後に控えていたクリスタがアンネリーエにそっと耳打ちした。

「そうなの？」

「はい。しかも、王城に出仕する平服のまま、国王陛下に挨拶したらすぐに帰って来るのです。時間にして半刻程、ご帰宅が遅れる程度なのです。ですから、礼装の旦那様が奥様を連れて夜会に出席しただけでこのような有様なのです」

「おい、クリスタ」

「全て旦那様の普段の行いのせいですわ。奥様は何も気にすることはございません」

「ありがとう、クリスタ」

アンネリーエに礼を言われ、クリスタが少しだけ頬を染めながら後ろに下がって行った。何か言いたげに口を開いたアルノーだったが、澄まし顔で後ろをついて来る三人の侍女たちを見て諦めた。

「まあ、いい。使用人と仲良くしてくれて結構なことだ」

アルノーはそう言うと、夜会に参加する人々とは違う方向に向かった。

「アルノー様、会場はあちらのようですよ」

アンネリーエが組んだ腕をそっと引っ張る。

「王太子宮にミヒャエルを預ける。こっちだ」

アンネリーエの腕を引き、アルノーはしっかりとした足取りで前に進んだ。連れられるままに進むと、大きな扉の前にたどり着いた。扉の前には、大柄の番兵が三人も立っている。

「アルノー・ゼーバルトだ。王太子殿下の命で息子を預けに来た」

扉を開け、番兵たちはきっちりと直角に礼をした。そこを進んでいくと、大階段の前に数人の侍女たちと衛兵が五、六人立っている。皆、恭しく最上級の礼をしていた。

「我が息子、ミヒャエルだ。王子殿下の下へ招待されている。よろしく頼む」

冷たい表情でアルノーがそう告げる。侍女頭であろう年かさのいった女性が深く頷き、優しい笑顔でミヒャエルに手を差し伸べる。

「ミヒャエル様。さあ、こちらへ」

アンネリーエの後ろに隠れていたミヒャエルが、不安げにアルノーを見上げる。アルノーが目を見て一つ頷くと、ミヒャエルがおそるおそる侍女頭の手を取った。

「責任を持ってご案内いたします」

衛兵が胸に手をあてて礼をした。それを一瞥《いちべつ》した後、アルノーが前を向いたまま口を開く。

「ユッタ、ニコラ。ミヒャエルからけして離れることのないよう」

「かしこまりました」

揃って返事をすると、ユッタとニコラが前に進み出て、ミヒャエルの側《そば》へ寄った。

「ちちうえ、アンネさま。行ってらっしゃい」

そう言って、ミヒャエルは不安そうに階段を上って行った。その姿に、何だか胸がギュッと切なくなってしまって、アンネリーエはアルノーの腕にしがみついた。その手にそっと手を添えたアル

ノーは、何も言わないまま来た道を戻って行った。

後ろをついてきたクリスタは、会場の手前でお別れだ。

「わたくしはこちらで控えておりますので、何かご用がありましたら王城の使用人にお申し付けください。すぐに参ります」

控室は大部屋だけれど、貴人付きの侍女用なだけあってとても豪華だった。軽食と飲み物が用意されており、それぞれあまり顔を合わせないように配慮されてソファが配置されていた。

婚約破棄されて以来、アンネリーエは夜会からは距離を置いていた。久々の華やかな社交界だと思ったら、急に気後れしてしまった。知らず知らずのうちに、腕に力がこもってしまっていたのだろう、それに気付いたアルノーが立ち止まった。

「どうした。体調が悪いのか?」

「いいえ。こういった場は久しぶりで緊張してきました」

「そんなに久しぶりなのか?」

「はい。婚約者に誘われませんでしたので、あの、彼は別の方と夜会に出席なさっていましたので、私は学校主催のパーティに友人と参加する程度でしたから」

「別の方と夜会……」

「婚約者以外にエスコートを頼むわけにはいきませんでしょう」

「まあ、こんなもの無理に出席することはない。今日も適当に時間をつぶしたら折を見て退出する。

君は私の隣で黙っていればいい。気負うことは何もない」

腕に添えられたアンネリーエの手にそっと手を乗せ、アルノーが淡々と語った。無表情だし目は合わせてくれなかったけれど、とても優しい言葉だとアンネリーエは思った。

夜会会場である大広間には、すでに貴族たちが揃っているようだった。アルノーたちが入場すると、一瞬だけざわめきが止んだ。アンネリーエはさりげなく周りを見回したけれど、知り合いの顔はなかった。

しばらくの間は遠巻きにされていたけれど、そのうちぽつりぽつりとアルノーの知り合いが声をかけてきた。アンネリーエがにこやかに挨拶をすると、皆微笑ましく挨拶を返してくれた。概ね好意的に受け入れられているようで、アンネリーエはほっとした。

緊張の取れたアンネリーエにいつも通りの朗らかな笑顔が戻る。いつもの仏頂面のアルノーも、彼女から離れようとはしない。ぴたりと寄り添う仲睦まじい二人の様子に、参加者たちは密《ひそ》かに戸《と》惑《まど》っていた。

ひと通りの挨拶を済ませ、二人は人目を避けるように会場の隅へ移動した。そこには食べやすく小分けにされた様々な食事が用意されていた。

「アンネリーエ、少し食事をとったらどうだ」

アルノーにそう促され、並ぶ料理を見回したアンネリーエが目を輝かせた。

「アルノー様、見てください。サラダは好きな野菜を自分で取り分けるようですよ。見たことのないお野菜がいっぱいありますわ。ドレッシングもあんなにたくさんの種類が。ここで待っていてください。アルノー様に特製のサラダをお持ちしますわ」

アンネリーエが山のように積みかさねられている皿の中から、一番大きなものに手を伸ばす。

「待て、アンネリーエ」

すかさずアルノーがその手を押さえた。

「君に任せたら大皿どころかボウルいっぱいの野菜を持って来そうだ。皿はこれでいい。好きな野菜があれば言いなさい。私がよそう」

「はい、アルノー様」

きゅっと腕にしがみついたアンネリーエが嬉しそうに返事をした。あれも、これも、と指をさすアンネリーエの言う通りにアルノーが野菜を皿によそう。

「このお野菜、何ていう野菜かしら。見たことありません。料理長さんに聞けば分かりますでしょうか」

「そのうち給仕が野菜を足しに来るだろうから、その時に聞けばいい。野菜の名前を尋ねられるためだけに呼び出される料理長の身にもなってみなさい」

「確かにそうですわね。給仕さんに聞いてみます。家の庭でも育つ野菜ならいいのですが」

アンネリーエの言葉にアルノーがゾッとしていると、こちらに数人が近付いて来る気配がした。

「アルノー。お前のことだから体よくドタキャンするかと思ってたが。ようこそ、よく来てくれた」

振り返ると、厳めしく着飾った王太子ウルリヒの姿があった。その隣にはカトリーン妃殿下。これぞまさに金髪といった直毛のゴールドの髪は下ろされ、腰のあたりで一度くるりと巻いてある。光沢のあるサファイアブルーのドレスが良く似合っていた。こちらもウルリヒに負けないほどの煌《きら》びやかさだ。二人の背後にはそれぞれの護衛の騎士たちが控えていた。

「……そうしていいのなら、今からでも」

護衛騎士たちにも負けない威圧感で、アルノーがこたえた。ウルリヒが思わず噴き出す。

「せっかく来たんだ、次回からにしてくれ」

「次回はありません」

淡々と言葉の攻防を続ける二人に、周りの人々の方がおろおろしだした。

確かこのお方は王太子殿下じゃなかったかしら、などとのん気に構えていたアンネリーエは、その隣にいるカトリーンに微笑まれたので、同じように笑顔を返した。それにやっと気付いたアルノーが気まずそうにアンネリーエの腰に手を添える。

「紹介が遅れました。妻のアンネリーエです。バーナー伯爵家の長女です」

ウルリヒとカトリーンが揃ってアンネリーエに優しい瞳を向けた。

「アンネリーエです。お目にかかれて光栄です」

アンネリーエはスカートを持ち上げてペコリと礼をした。物怖じしないその様子に、カトリーンが気を良くする。

「お会いするのは初めてね。是非、あなたと仲良くなりたいわ。夫たちのように」

「はい、こちらこそよろしくお願いいたします」

「我々はただの主従でございます、妃殿下。仲が良いわけではありません」

とてもその、従、とは思えない態度でアルノーがそう言うと、ウルリヒが顔をしかめ、カトリーンが手で口を押さえて笑い出した。

コホン、と咳ばらいをして、ウルリヒが姿勢を正した。

「実は、しばらく二人の様子を眺めていたんだ。手ずから料理を取ってやるなんて、甲斐甲斐《かいがい》しいお前を見ることができてとても新鮮だったよ。うんうん、仲が良いのはよいことだ」

「いえ、彼女に任せたら何をしでかすか、ああ、いや、その、これは事情がありまして」

「照れるなよ。カトリーン、俺もやってやろう。何が食べたい」

あわてるアルノーを無視して、ウルリヒがカトリーンに声をかける。

「まあ、嬉しいです。何がおいしかったのかしら、アンネリーエ夫人？」

嬉しそうに手を叩いたカトリーンが、ぱっとアンネリーエを振り返る。サラサラの髪が美しく波打って揺れた。

「こちらのサラダドレッシングが絶品でしたわ」

アンネリーエがそうこたえると、カトリーンがぱちくりと瞬《しばた》いた。

「おい、アルノー。せっかくなんだから、こんな野菜じゃなくてもっといいものを食べさせてやれよ。ほら、あっちにはこの時期にはめずらしい魚介のソテーもあるし、特製のビーフシチューは料理人たちが交代で番をして何日も煮込んだものだぞ」

そう言ってウルリヒが向こうのテーブルを指さす。その先のテーブルの上には、大きな銀色の鍋《なべ》が鎮座していて、威厳のある料理人がその傍らに立っていた。頼めば、彼がビーフシチューをよそって渡してくれるようだ。最後に青々とした粉末のパセリを振りかけてくれて、確かにとてもおいしそうだ。たくさんの人々が列を作って順番を待っている。先ほどのウルリヒの話を耳にした人たちが、その列の最後尾に並んだ。

アンネリーエは大鍋をひと目見てすぐに笑顔で振り返った。

「アルノー様はサラダがお好きなのです」

アンネリーエの一言にウルリヒがきょとんとする。

「サラダが？　それはまた」

「待て、アンネリーエ。別に好物ではないと言っているだろう」

顔をしかめたアルノーがウルリヒの声を遮った。咎《とが》められていることなど気にしない様子でアンネリーエがニコニコとして返事をする。

「でも、お嫌いじゃないでしょう。今だってたくさんお皿に取ってますし」

「主に食べているのは君だろう。これは君のために取り分けているのであって、それに君があれもこれもと言うからこのような結果になっているだけで」

「畑に新しい野菜を増やすのなら、アルノー様のお好きなものがいいと思ったんですもの。だから、家では見たことのない野菜を食べてみていただきたかったのです」

「あれ以上畑を広げるつもりか。いや、別にそれは構わないが、それなら君の好きな野菜を植えなさい。私のことは考慮する必要はない」

「私は畑仕事が好きなわけではなくて、おいしいサラダを作ってアルノー様に喜んでいただきたいから野菜を育てているのです」

「だからサラダは好物ではないと何度言ったら分かるんだ。いや、君のそういう気持ちは非常に嬉しいんだ。だが、私は野菜はたいていのものは食べられるから、君が好きな野菜を植えなさい。そういった意味での、好きにしたらいい、だ。ただし、種や苗は業者から買いなさい。それから、肥料やそれ専用の土が必要なら専門家を呼ぶからその人に相談するように。それから、けして無理して早起きしたり天気の悪い日に外に出たりしないように。以上だ」

「はい、アルノー様」

ひと通りいつものやり取りを終えたアルノーは一息ついたものの、ハッとしてそのまま息を呑《の》んだ。ウルリヒとカトリーンが手で口を押さえて肩を震わせているではないか。後ろに控える者たちも、同様の表情で黙っている。

さすが王太子、ウルリヒがいち早くきりりと表情を戻した。

「お前ら……よくもまあ、公の場でイチャイチャイチャイチャ、イチャイチャと」

「イチャイチャなどしていません！」

「あれがイチャイチャつく以外の何だと言うのだ。アンネリーエ夫人、アルノーは口うるさいだろう。嫌になったらすぐに私に相談するといい」

ウルリヒにそう言われ、アンネリーエは笑顔で首を横に振る。

「いいえ。アルノー様にはたくさんのことを教えていただいています。それに、いつも私の気持ちを一番に考慮してくださいます。とっても優しいんです」

「やめなさい、アンネリーエ」

「アルノー、俺は夫人と話しているんだ。そうか、そうか。それなら良かった。無粋なことを言ってしまった詫《わ》びに、気に入った野菜があるなら苗を分けてやろう。あのサラダの野菜のほとんどは王城で栽培しているものだ」

「本当ですか！　王太子殿下。ありがとうございます」

「ああ、その程度のこと遠慮するな」

「できればあのお野菜の原産地もお教えいただきたいです」

「原産地？　俺は知らんから、後日畑の担当か誰かから連絡するように言っておこう」

「やめなさい、アンネリーエ」

アルノーはウルリヒとアンネリーエの間に体を割り込ませた。背にアンネリーエをかばいながら少しずつウルリヒから距離を取る。

「殿下、余計なことを教えないでください。あなたは何も分かっていない、これから起きる大変なことを」

「何だ、その不吉な予言は」

呆れ顔のウルリヒがふと隣を見ると、カトリーンが小皿に盛ったサラダをポリポリ食べていた。

「お前、いつの間に」

「だって、殿下ったら、俺もやってやろう、なんて言ったくせにちっとも取り分けてくれないんですもの。自分で取りましたわ。あら、言われてみればほんとにこのサラダおいしい」

まばゆい美貌の彼女が立ったままフォークで次々とサラダを口に運んでゆく姿を、周りの客たちが遠巻きに眺めていた。うっとりとしている者、驚きを隠さない者、そしてさりげなく同じサラダを取りに行く者。

注目の中心にいることに居心地の悪くなったアルノーが、無表情のままにウルリヒに礼をする。

「では、殿下。挨拶も済みましたので私たちはこれで」

「サラダを食べに来たのか？　お前たちは」

そそくさと踵を返すアルノーの服をウルリヒが摑んだ。アルノーに腕を引かれたアンネリーエが笑顔で口を開く。

「アルノー様。帰る前に、ついでに厨房に寄ってもいいですか？」

「だめだ。王城の厨房は関係者以外立ち入り禁止だ」

「では、私と一緒に行きましょう。アンネリーエ夫人」

アンネリーエの空いている方の腕をカトリーンが摑んで言った。

「私は関係者だから大丈夫よ」

「妃殿下、申し訳ありま」

「行きましょう、夫人」

「はい、妃殿下」

「待っ……！」

アンネリーエを引き止めるアルノーの腕を振り払ったカトリーンは、またたく間にアンネリーエを連れて広間を出て行ってしまった。

「あーあ。言い出したら聞かないんだ、あいつは。すまんな、アルノー」

すでにそこにはいない二人の姿を目で追うように、真顔で固まっていたアルノーがゆっくりと振り返る。その様子に、こらえきれなくなったウルリヒが声を上げて笑い出した。

「ははは。いやあ、実に良いご夫人だ。あんな状態のお前に、ついでに厨房に寄りたい、だなんてよく言えたもんだ。なかなかの胆力。気に入ったよ、アンネリーエ夫人のこと」

「何ということをするんですか」

「カトリーンも彼女のことを気に入ったようだから、今度は昼間に招待しよう」

「もし、あのサラダドレッシングに貴重な食材を使っていたら、一生あなたを恨むことになるかもしれません」

「なぜだ!?」

話し込む二人を客たちが遠巻きに眺めていた。ウルリヒの周りには当然護衛騎士も数人控えている。自分のせいで彼らの食事の邪魔をしていることに気付いたウルリヒがアルノーを隅の方へ引っ張って行った。

目立つウルリヒとカトリーンの姿が見えなくなったせいか、会場は少しくだけた雰囲気になり、わいわいと歓談の声が上がり始めた。楽団が奏で始めた躍動的な曲に、次々と若者たちがダンスに興じている。

たくさんの笑い声、賑やかな話し声。ほのかな人いきれと、シャンデリアから降り注ぐ鮮やかな光から逃れるように、アルノーは壁に背を押しつけた。薄暗く陰ったところでは、アルノーの銀髪は灰色じみてまるで白髪のように見える。自分は本来はこうして日陰にいるべき人間なのだ。光のあたっている左のつま先を後ろに引いて影に隠した。

腕を組み同じように壁に背を預けているウルリヒが、楽しそうに踊る人々に視線を向けたまま口を開いた。

「ミヒャエルは良い子に育っているようだな。王城の庭師に親切に声をかけている姿を見て、うちの息子も思うところがあったようだ」

アルノーは顔を上げはしなかったが、ちらりと横目で隣に立つウルリヒを見上げた。ウルリヒの息子とは、王子のルーカスのことだ。確か今年八歳になるはずだ。二つも年下のミヒャエルを見て何を思うと言うのか。

「私たち王子は常に様々なことを配慮され、甘やかされて育つ。目に入るものは全て準備の整った完璧《かんぺき》な状態になっている。私たちに傅く使用人たちは空気のようにいて当たり前の存在。しかし、ミヒャエルと庭師が会話しているのを見て、やっと使用人も同じ人間で、感情があり、無理をすれば痛む体があるのだと気付いたようだ」

アルノーが顔を上げた。ウルリヒはまっすぐ前を向いたままだ。

「まあ、私もそういったことに気付いたのはルーカスくらいの歳の頃だった」

ウルリヒが眉尻を下げ、やっとこちらを向いて照れ笑いした。アルノーは表情を変えることなくそれを見返した。

「気付いただけましでしょう」

「はは、そうだな。気付くことのできる子に育っていたことを喜ぶべきか」

ボソボソと自分たちだけにしか聞こえない声で二人は話している。先ほどまでの注目がなくなり、アルノーはささやかに息をついた。

「ミヒャエルは優しい子だな。辛いことが多かった分、他人に優しくできるのかな。ルーカスにも見習ってもらいたいものだ」

「……彼女のおかげです。私は何も」

「そう言うなよ。お前だって優しい人間だろ、俺以外には」

ウルリヒはそう言うと、いたずらっぽい笑みを浮かべた。ムッとしてにらみ返すと、さらに笑みを深める。

「お前の両親も兄夫婦も俺は知っているが、皆お前の幸せを願うような人たちだった。今頃喜んでいるだろうよ」

「…………」

そうだっただろうか。お互いあまり関わることのない家族だったような気がするが。

いや、そっけなかったのは私の方か。

アルノーの眉間のしわがどんどん深くなっていった。


厨房を後にしたアンネリーエとカトリーンは、のんびりと廊下を歩いていた。静かな廊下にあるのは自分たちの足音だけだ。ひんやりとしていて、首や腕を露出したドレスを着ているアンネリーエたちには少し寒いくらいだった。腕をさするカトリーンに、お付きの侍女がストールを渡す。そのついでに、もう一枚をアンネリーエの肩にかけてくれた。

「ありがとうございます」

やっぱりクリスタを呼んでくれれば良かったかしら。アンネリーエは思った。控え室でたまにはのんびりさせてあげようか、と声をかけるのはやめたのだ。

アンネリーエだって、ドレッシングのレシピを聞いたらすぐに戻るつもりだった。カトリーンを長時間連れ出すのも、アルノーを待たせるのもあまり良くないということは理解していた。

それなのに、わざわざ王太子妃殿下が自分に会いに来たことに気をよくした料理長はとても饒舌《じょうぜつ》だった。レシピだけでなく、効率のよい野菜の切り方から作り方のアレンジまで教えてくれた。アンネリーエが初見の野菜の原産地を尋ねると、これまた同様の野菜の話を交えて原産地からこの国に流通するようになった流れを詳細に語ってくれた。

気を利かせた厨房の職員がアンネリーエたちにお茶と椅子《いす》を出してくれた。職員の表情は半分呆れていたように思う。

そう。だから、アンネリーエだけが悪いのではないのだ。話が弾んでしまったのは仕方のないことだったのだ。カトリーンだって、盛り上がるアンネリーエと料理長の会話を楽しそうに聞いていたことだし。

「アンネリーエ夫人は料理がご趣味なの？　あんなに熱心にレシピを尋ねられて」

カトリーンが朗らかに笑った。

「いいえ。厨房に入るようになったのは結婚してからです。アルノー様はお忙しくて、朝食しかご一緒できないんです。だから、できるだけお好きなものをおいしく召し上がっていただきたくて。私、ヒマですし」

「え？」

「いえ、何も」

「お二人とも愛し合ってらっしゃるのね。素晴らしいことだわ。さぞかしおいしいお料理が並ぶのでしょうね。レシピを再現なさる時は、私も侯爵家にお邪魔しちゃおうかしら」

「まあ、ぜひいらしてくださいい。楽しくなりそう」

上機嫌で戻った二人を、夫たちが首を長くして待っていた。

話し込んでいたウルリヒとアルノーが気付いた時には、ダンスを申し込みたい令嬢が列をなしていた。途端に彼女たちに冷たい視線を浴びせるアルノーを置いて、踊りにいくわけにもいかないウルリヒは自分の側近や騎士たちに代わりに踊らせて令嬢たちを何とかさばいたのだそうだ。

「遅い」

「ごめんなさい、アルノー様」

「妃殿下を独占してはいけないだろう」

「ついついい、話が弾んでしまって……」

「許してあげて、アルノー卿」

アンネリーエの腕をとり、カトリーンがアルノーの顔を覗き込んだ。

「私が無理に連れて行ったのよ。明るくて話し上手なアンネリーエ夫人に料理長だって喜んでたわ。私に免じて許してあげてちょうだい」

念押しされ、アルノーが口元を歪めながらしぶしぶ頷いた。

「アルノー様。たくさんのドレッシングのレシピを伺ってきましたわ。それはもう、たくさん。ドレッシングパーティを開催できるほどに」

「そんな奇妙なパーティに誰が来るというんだ」

「まあ、楽しそう」

「……カトリーン。お前、そんなノリだったか？」

仲良く話し始めた彼らの姿を、再び遠巻きに客たちが眺めていた。その傍らで、口の中でつぶやくような小さな小さな声が聞こえた。

「あれは……アンネリーエ？　なんで、あいつが」

また、そこから離れた柱から彼らを覗き込む影があった。

「まさか、アルノー様……？」

アルノーたちはその二つの影に気付くことはなかった。一通りの食事を終えたアンネリーエは、腕を組み、ダンスの輪に加わりに行くウルリヒとカトリーンの背を見送り、アルノーと共に広間を後にした。

そのまままっすぐに王太子宮へミヒャエルを迎えに行く。階段を下りてきたミヒャエルは大きな本を抱えていた。

「アンネさま、寝る前に本をよんで」

「いいですよ、ミヒャエル様。本をお借りしたのですか」

ミヒャエルが嬉しそうに頷く。ユッタが本を受け取った。

遅れて階段を下りてきたのは、ルーカス王子だ。父親ゆずりの黒髪に母親ゆずりの美しい顔をしている。口を真一文字に固く引き結び、ゆっくりとだが小さく頷いた。

「返すのはまだ先でいい」

「ありがとうございます、殿下」

アンネリーエが深く礼をしたが、ルーカスは階段上からそれをただ見下ろしているだけだった。

引き結んだ口がむにむに動いたが、言葉はなかった。

ひどく不遜《ふそん》な態度ではあるが、上機嫌のミヒャエルの様子を見れば、きっと楽しく遊んでくれていたのだろう。大人に対してはまだ恥ずかしさのある年頃か。

腕を組んでさらに不遜な態度で見下ろしてくるアルノーに気付いたルーカスが思わず肩をふるわせる。

「うちの子の面倒を見てくださりありがとうございました。それでは、殿下」

「……うん。また来いよ、ミヒャエル」

「うん！　ルーカスさま、またね！」

何度も振り返り大きく手を振るミヒャエルが見えなくなるまでルーカスは見送っていた。

「なかなか可愛いところもあるじゃないか。……どうした、ミヒャエル」

急にミヒャエルがうつむいて歩き出した。ふらふらと足取りもおぼつかない。

「遊び疲れて眠くなったのね」

アンネリーエが優しく笑い、ミヒャエルの側にしゃがみ込んだ。目をこするミヒャエルがアンネリーエの肩に手を置く。

「ついさっきまではしゃいでいたのに。子供とはわからないものだな。私が抱いて行こう。ほら、ミヒャエル。こっちだ」

アルノーはアンネリーエの手からミヒャエルを受け取った。馬車に乗り込み、腰掛けるとそっと隣にミヒャエルを下ろす。ミヒャエルはアルノーに抱きついたまま、うとうととしていた。

「よいしょ。私たちも少し疲れましたね」

「……」

ドアが閉まり、ゆっくりと馬車が動き始めた。

心地よい揺れに、とうとうミヒャエルが眠りに落ちた。その背に手を置いてしばらくそっとしておいてやる。そして、静かにアルノーが口を開いた。

「……アンネリーエ。なぜ、そこに座る」

アンネリーエはアルノーに寄り添うように隣に座っている。ミヒャエルとアンネリーエに挟まれる形のアルノーは少し窮屈だった。

「向かいの席が空いているだろう。そっちに行きなさい」

「私もアルノー様の隣がいいです」

「狭いだろう」

「いいえ？　別に」

頬を染めて嬉しそうにしているアンネリーエに、狭いのは私だ、とは言いづらくなったアルノーは仕方なく口を閉じた。

ミヒャエルが眠っているのを知っている御者はなるべく揺らさないように丁寧に馬車を走らせている。そのせいか、いつもよりも屋敷までの道のりが長く感じる。

……暑い。

寝ている子供はどうしてこんなに体が熱くなるのか。ミヒャエルにぴったりとくっつかれているアルノーの額に汗が浮かぶ。向かいの席に寝かせようと、そっと身をよじると、反対側の肩が重くなった。

「アンネリー……」

まさか。お前まで。

アンネリーエがアルノーの肩に寄りかかって眠っていた。やけに静かだと思ってはいたが、まさか眠っていたとは。

「おい、アンネリーエ。ミヒャエルを向こうに寝かせるから」

アンネリーエはアルノーの声にも全く反応を示さない。ぐっすりと眠っているようだ。険しい顔

をしてしばらく彼女を眺めていたアルノーだったが、ため息を一つついて諦めた。

仕方がない、もう少しで家に着く。我慢するか。

アルノーは背もたれに背中を押しつけ、少しだけ楽な体勢になった。それにしても暑い。もしかすると、いや、もしかしなくても眠るアンネリーエの体が熱い。子供だけでなく、眠る人間というものはこんなにも熱いものなのか。

額の汗を手で拭い、首もとのクラバットを緩めた。

馬車が進むゴトゴトと重い音に耳を澄ませる。

賑やかだな、と感じた。馬車は極力スピードを落としているし、二人はぐっすり眠っている。それなのに、賑やかだった。

確かにこのぬくもりを知ってしまったら、もう元の生活に戻ることはできない。

アルノーは屋敷までの短い道のりの間に、窓の外に広がる夜景を目に焼き付けた。

馬車が止まると、ユッタが元気よくドアを開けた。その音にアンネリーエが目を覚ます。汗だくのアルノーを見て、三人の侍女たちが揃って笑い声を上げた。

翌日の朝。アルノーが朝食の席に着くと、アンネリーエとミヒャエルがはつらつと挨拶をした。

夜もよく眠った二人はとても元気そうで何より。

アルノーは凝り固まった両肩を一度だけぐるりと回した。

「ちちうえ、かた痛いの？　僕、もんであげようか」

両手を高く上げたミヒャエルが言った。

「ありがとう。今度でいい」

うん、と頷いたミヒャエルはすぐにフォークを握り、ソーセージに刺した。ぶつり、と音がして、肉汁が弾けた。

アルノーの前に、サラダ、ゆで卵のソースがけ、そしてスープが置かれる。スープには湯むきした大きなトマトが入っていた。

「アルノー様。そのゆで卵にかけたソースは私が作りました。昨夜、王城で教えていただいたのをさっそく試してみました」

アルノーはアンネリーエに言われるがままに卵を口にした。卵はいつもの養鶏場《ようけいじょう》から届く大玉のものだ。ソースはマスタードが利いていて、卵によく合っている。良かった、案外まともなレシピだったようだ。

「うまい。と、思う」

アルノーは表情を変えないままそう言った。アンネリーエが嬉しそうに微笑む。

「たまご、おいしい？」

ミヒャエルがアルノーのまねをして卵に手を伸ばした。ミヒャエルの前にあるゆで卵にかかっているソースは、ずいぶんと白っぽい。あれはきっとヨーグルトソースだろう。

卵をきちんと小さく切り分けて口に運ぶミヒャエルに目を細めていたアンネリーエが、ふと顔を上げた。

「そうそう、アルノー様。昨日の絶品ドレッシングなんですけど」

パンをちぎったアルノーの手がぴたりと止まる。

「あのドレッシング、最後に岩塩を振るんですって」

「が、岩塩だって!?」

「ええ。最後の岩塩の一振りだけは、欠かせないそうですわ」

アンネリーエが軽くポン、と手を叩いてにっこりと微笑む。アルノーの手から、パンがぽとりと落ちた。

王太子殿下。やはり、あなたのことを一生恨むことになるようです。

Koshakuke no
itatte heiwa na
itsumo no
shokutaku

Side story

閑話1

Koshakuke no
itatte heiwa na
itsumo no shokutaku

「ちちうえ、行ってらっしゃい」

ミヒャエルが元気な声を上げたが、アルノーは返事もせずにちらりと見下ろすだけ。しかし、ミヒャエルが一生懸命伸ばした手には、きちんとハイタッチして返すのは忘れない。

そんな微笑ましい光景にアンネリーエは目を細めた。

「アルノー様、行ってらっしゃいませ」

「ああ」

アルノーはぶっきらぼうにそうこたえると、小さく頷いた。今度は少し離れて並んでいた三人の侍女たちがにまにまと笑っている。

迎えに来たライナーに手を振った後、ミヒャエルは閉じたドアをしばらくの間じっと見つめていた。意外とうっかりしているのか、たまにアルノーが忘れ物を取りに戻って来ることがある。そんな時、ミヒャエルはとても嬉しそうにするのだ。

アンネリーエはミヒャエルの気が済むまで、ただ黙って隣に寄り添い待っている。アルノーが戻ってこないことを確信すると、ミヒャエルはアンネリーエの手をぎゅっと握ってくる。

「……行っちゃったね」

ミヒャエルはアンネリーエの手をぐいぐい引っ張って居間へ向かった。

午前中はミヒャエルの勉強の時間だ。もう少しで家庭教師の先生がやって来る。それまでのわずかな時間を、ミヒャエルはアンネリーエと過ごすと決めているようだ。

「アンネさま、きのうのつづきからだよ」

ミヒャエルはそう言うと、居間の片隅に置いてあるサイドテーブルを指さした。それを合図に、ユッタがサイドテーブルを持ち上げ、居間の中央へ移動する。テーブルの上一杯には、作りかけのパズルが広がっていた。アンネリーエは無造作に上に置かれている紙を手に取った。それは、パズルの完成図を描いたものだ。湖上に浮かぶ島に細長い古城がそびえ立っている、幻想的な風景画だった。

「湖上《こじょう》に浮かぶ古城《こじょう》……」

アンネリーエはこの完成図を見る度に笑ってしまいそうになるが、ミヒャエルがこの美しい絵をいたく気に入っているので、頑張ってこらえている。

パズルが完成したら、アルノー様にそっとこのことを伝えよう。一緒に噴き出してくれるだろうか。それとも、いつも通り美しい片眉を上げるだけだろうか。どちらにしても、楽しみだわ。

アンネリーエは完成図から顔を上げた。足の長い椅子に膝立ちになったミヒャエルは、すでにピースをいくつか握りしめて、ううん、と唸っている。アンネリーエも手前にあるピースの一つを手に取り、半分くらいできかかっているパズルを眺めた。

「あっ、ミヒャエル様。これ、もしかしたら」

アンネリーエは、ミヒャエルの目の前で形作られていた数ピースのかたまりを指さした。手に持っていたピースを左端にあてると、抵抗なくぴたりと収まった。

「わあ！　それ、お城のはただったんだ」

ミヒャエルが瞳を輝かせてアンネリーエを見上げる。

アンネリーエの拾い上げたひと欠片《かけら》は、どうやら古城の一番高い屋根に掲げられた赤い旗だったようだ。太めの筆でさっとなぞっただけのように見えた赤色は、城の屋根を構成する数ピースに合わせると強風にあおられた大きな旗に姿を変えた。

「ということは、このお城を中心に置いて作っていけばいいのね」

「そうだね！　みずうみと空の青をまちがえないようにしなきゃ」

ミヒャエルはそう言うと、再びパズルを睨んで唸りを上げた。

考え込む姿はアルノーによく似ていると思う。きっと侯爵家の血筋は皆こういう容姿なのだろう。事情を知らなければ、アルノーとミヒャエルは本当の親子に見えるに違いない。

ミヒャエルの幼くも端整な横顔に見とれていたら、ふいに目が合った。アンネリーエはあわててパズルに視線を移すのだった。


しばらくすると家庭教師がやって来て、ミヒャエルとアンネリーエは勉強部屋に移動した。

最近白髪が増えてきた先生は、家庭教師歴二十年だという。先生はいつも穏やかで優しく、雑談

馬車に乗り込み、座席にミヒャエルを寝かせた。王城の王太子宮に着くまでの間、眠らせてあげよう。アンネリーエは持ち込んだ手提げ袋から、編みかけのマフラーを取り出した。初めての編み物はなかなかうまく進まない。何度もほどいては編み直してを繰り返している。

すっかり夜も更け、ミヒャエルは既に眠っている。アルノーが自室に入ってすぐに、家令が屋敷での出来事を報告した時のことだった。

「それで、なぜルーカス殿下がうちに来ることになったんだ」

明日、急遽《きゅうきょ》ルーカス王子が侯爵家を訪問することになったと報告したら、アルノーが不機嫌を隠そうともせずにそう尋ねた。家令が言葉を探して口ごもっているのを見かねて、アンネリーエが二人の間に割って入る。

「アルノー様、お仕事お疲れ様でした。まずはおかけになってください」

アンネリーエはそう言って、アルノーの腕を引っ張ってソファに座らせた。

アルノーは他人が屋敷にやって来るのをあまり好まない。こうなるだろうなあ、と予想していたので、アンネリーエは動じることなくアルノーの隣にちょこんと腰掛けた。

「かいつまんで言えば、ルーカス殿下が我が家の庭を見にいらっしゃるのです」

「わざわざ王子が来るほど立派な庭ではないだろう」

「ミヒャエル様が育てたチューリップを見に来るのだそうです」

「チューリップなんて王城の庭にも咲いている」

見た記憶はないが、と付け足して、面倒臭そうにアルノーはがしがしと後頭部を掻いた。ぴょんと跳ねてしまった髪をアンネリーエは手を伸ばして直してやった。

「何でも、二人で一緒に植物図鑑を眺めていたそうです。そこで、ミヒャエル様が球根からチューリップを育てた話になって」

「球根から育てたのか」

「ええ、言ってませんでしたっけ」

「知らん」

「まあ。では、アルノー様も明日、ご一緒に」

「見ない。で、続きは」

「そうそう。それで、ミヒャエル様がチューリップを持ってきて見せてあげる、と言いましたら、ルーカス殿下が、切ったらかわいそうじゃないか、やめろ、と。そうしましたら、ミヒャエル様が、切らないよ、周りの土ごと植木鉢に入れて持ってくるよ、と」

アンネリーエはミヒャエルとルーカスの顔真似をしながら、そう説明した。くるくる変わる彼女の表情をアルノーは真顔のまま黙って見つめていた。

「しかも、見せてあげるだけだよ。持って帰るからね、あげないよ、とおっしゃって……。私もユッタとニコラも、殿下のお付きの方たちも思わず笑ってしまって」

「なるほど。それで、殿下が見に来ることになったのか」

「ええ。見に行った方が早いし、そもそもチューリップは持ち運ぶものではない、と殿下がおっしゃったのです。ミヒャエル様もその言葉で納得されたようでした。というわけで、殿下のスケジュールの都合でさっそく明日いらっしゃるのです」

アンネリーエは膝の上できちんと手を揃え、澄まし顔でそう言った。それをアルノーは目を眇《すが》めて見下ろしている。

わかった、失礼のないように。ため息を一つついた後にそう言うと、アルノーは立ち上がってバスルームに向かって行った。

「良かった。お許しが出たわね」

肩をすくめて家令とこっそり笑い合った後、アンネリーエはあくびをしながら伸びをした。


王家の豪華な馬車に揺られ、王子ルーカスがやって来た。

屋敷の中には最低限の人数の護衛しか入れなかった。家令がアルノーから厳しくそう言い付けられていたらしい。その代わり、玄関や勝手口、門の前などに護衛の騎士たちが並んでいる。王子の外出となるとこうも物々しくなるのか、とアンネリーエは身に染みてそう実感した。

ルーカスは屋敷に入るなり、さっそく庭へ向かった。まずはおもてなしから、と高級な茶葉を用意し待っていた侍女たちは肩透かしを喰らってきょとんとしている。

「へえ。確かに見事なチューリップだな。王城にもこんな大きなものはない」

「このかだんに植えてあるのは、僕が育てたんだよ。かんさつ日記も書いた。見る?」

「いや、いい。ミヒャエルは植物を育てるのが好きなのか?」

ルーカスに問われ、ミヒャエルは笑顔のまま首を横に振った。

「別に? でも、どんどん大きくなっていくのを見るのはおもしろかったよ」

自ら立派に育てたチューリップを前に、けろりとそうこたえたミヒャエルを見て、ルーカスは少しだけ目を見開いた後、噴き出して笑い始めた。

「なぁんだ。ミヒャエルは将来、庭師にでもなるのかと思ったぞ」

ルーカスは片方の眉と口の端を上げて、父によく似た表情で意地悪く笑った。

「僕はねえ」

ミヒャエルはルーカスのそんな態度に動じることなく口を開いた。

「大きくなったら、よーほーかーになるんだ」

「よーほーかー?」

「うん、よーほーかー。何かすごくかっこいいやつを着るんだよ」

ピンと来ないのか、困惑の表情を浮かべたルーカスが首をひねる。そのまま、後ろに立っていたアンネリーエを助けを求めるように振り向いた。

「ルーカス殿下。養蜂家《ようほうか》、です。ミヒャエル様は、蜂《はち》を飼って蜜《みつ》を採る養蜂のことを言っているのです」

「ああ、蜂か。…………え、なんで？」

一度は納得したように頷いたものの、ルーカスは目を見開いてそう叫んだ。

ミヒャエルは地面に転がっていたじょうろを拾い上げ、中に残っていた水をチューリップにかけている。代わりにアンネリーエが言葉を続けた。

「先月、養蜂場へ行って来たのです。そこでミヒャエル様は、とても感心していらっしゃいまして。働く方にも、蜂にも」

「は、蜂にも？」

「ええ。とってもよく働いている、と、言って」

へえ、とつぶやいたものの、ルーカスはやっぱり不思議そうに首をひねった。そして、ハッとして顔を上げ、アンネリーエを振り向く。

「待って。その様子だと、侯爵夫人も養蜂場へ行かれたのですか？」

「ええ。元はと言えば、私が蜂蜜を採取したかったのです。おいしいパンケーキを焼こうと思いまして。声をかけたらミヒャエル様も行きたいとおっしゃったので」

「え、パンケーキのために、侯爵夫人、が、採取したのですか？　パ、パンケーキのために？」

「はい。ミヒャエル様も一緒に」

「何かすごいかっこいいやつ着て、はちがいっぱいいるところに入っていくんだー。すごいんだよー」

目を真ん丸にして口をぽかんと開いていたルーカスだったが、ふと我に返ってきりりと表情を引きしめた。空っぽになったじょうろを振り回すミヒャエルと、ずっとにこにこしたままのアンネリーエの顔を交互に見た後、眉間にしわを寄せて口を開いた。

「でも、ミヒャエルは将来ゼーバルト侯爵家を継ぐんだろう。養蜂家になるなんて無理だ」

「なんで？」

ミヒャエルがまっすぐな瞳をルーカスに向けた。ぐっ、と一瞬だけ怯んだものの、ルーカスは王子らしく胸に握り拳をあてて堂々とこたえた。

「お前は将来侯爵になるんだろ。生まれてきた時からそう決まっているからだ」

「じゃあ、よーほーかーにもこうしゃくにもなるよ」

「そううまくはいかないだろ」

「なんで？　ちちうえは、こうしゃくだけど、じきさいしょうもやってるよ」

「うっ」

ミヒャエルの反撃に、ルーカスが口ごもる。

「そ、それは侯爵の仕事の延長上の、一環であって」

ミヒャエルの肩にそっと手を置いたアンネリーエが、優しくルーカスに微笑みかけた。

「ミヒャエル様は、その前は牧場主になるとおっしゃってました。一緒に牧場へ羊の毛刈りに行ったのが楽しかったようでして」

「牧場に毛刈りに？　え、一緒にって、また夫人も……？」

あまり出会ったことのないタイプの大人を前に、許容量がいっぱいになってしまったルーカスがうろたえ始めた。世の中にはたくさん変わった人がいるが、王子の前にはなかなかあらわれることはなかったのだろう。王子として、王族として幼少期から厳しく教育され大人びているとはいえ、やはり八歳の子供だ。アンネリーエは安心させるようにさらに笑みを深める。

「やりたいことは何だってやればいいと思いますよ、殿下。その分、たくさん勉強も修行も必要だと思いますけど。殿下は将来何になりたいですか？」

アンネリーエの問いに、ルーカスが目を見開き体を強張《こわば》らせた。

ルーカスは第一王子だ。この先、兄弟が生まれるかもしれないが、父のウルリヒが国王となったら王太子となる。物心ついた時から、そう教えられていたし、そういうものだと思っていた。だから、自分が将来何になりたい、何をしたい、だなんて考えたこともなかった。

自分がやらなければならないことを、しっかりとやらなければならない。

それだけを胸に、一生懸命勉強してきた。しかし、今、ルーカスの心の中には、小さなあぶくがぷかりぷかりと浮かび上がってきている。それは今までずっと、気付かないように抑え込んでいたやっかいな存在だ。このまま放っておけばいつか消えてなくなるはずだったのに、アンネリーエの言葉のせいでもう放っておくことはできなくなってしまった。浮かび上がったあぶくは既に弾けて広がって、ルーカスの心の中をいっぱいに埋め尽くしている。

ルーカスはぎゅっとシャツの胸元を握りしめ、うつむいた。そんなルーカスの様子に気を留めることもなく、ミヒャエルが元気よく声を上げる。

「ルーカスさまはね、がくしゃになるんだよ。だって、ずかんの植物を何でも知ってるんだ。すごいんだよ。ね、ルーカスさま？」

「別に、好きで知っているわけではない。王子としての教育で花の名を覚えさせられていて」

顔を覗き込んでくる無作法を嗜《たしな》めるように、ルーカスはじろりとミヒャエルを睨んだ。それを面白そうに眺めていたアンネリーエが頬に手をあてる。

「まあ、花の名前を覚えているだなんて、ルーカス殿下は間違いなく女の子にとってもモテますわね」

「すごーい」

きゃっきゃと自分のことのように喜ぶミヒャエルを呆れ顔で一瞥し、ルーカスはくるりと背を向けた。

「ミヒャエルはモテないだろうな」

「なんでそんなこと言うの!?」

背中をぽかぽか叩いてくるミヒャエルに笑いをこらえ、ルーカスはすたすたと歩きだした。

「お前の相手は疲れる。茶でも飲んで休みたい」

そう言った後、ルーカスは体ごと振り返って満面の笑みを浮かべた。

「僕は馬が好きだ。侯爵夫人、王太子でありながら馬の世話をするというのは、ばかげた話だろうか」

先ほどまで呆然としていた様子だったのに、すっかり王子らしく堂々とそう宣うルーカスに、アンネリーエは同じように笑みを返した。

「では、今度牧場へ行く時には誘いますわね。馬も飼っていたはずです。一緒に行きましょう」

「馬いたよ！　馬も、羊も、ヤギもいた！　いつ行く？」

アンネリーエの隣でミヒャエルが飛び上がってはしゃぐ。それを見たルーカスが瞳を輝かせた。

どうやら植物よりも動物の方が好きなようだ。あの人数の護衛や侍従を連れてバーナー領へ行ったら、お父様もお兄様も驚くだろうな。アンネリーエはそう思ったけれど、そんなことはおくびにも出さずに大きく頷いた。

「殿下用のエプロンを用意しなければなりませんね」

アンネリーエの言葉に、ルーカスが苦笑いし、ミヒャエルが喜んだ。

待ちわびていた侍女たちが淹れた紅茶の香りが、応接室から漂ってきた。


アンネリーエはミヒャエルのベッドの上でうとうととまどろんでいた。

ミヒャエルは寝室の灯《あか》りを煌々《こうこう》と点けたまま眠る。眠りが浅く、夜中に何度も目を覚ますのはそのせいだと思う。だから、食後や昼過ぎにいつも眠ってしまうのではないだろうか。しかし、ミヒャエルは真っ暗な部屋を異様に嫌がるのだ。よっぽど暗闇《くらやみ》がこわいのだろう、と思うけれど、アンネリーエは何があったのかは知らない。問いただす気もない。知らなくていいことは知らなくていい。知るべき時が来たら、その時に知ればいいのだ。

かくん、と頬杖《ほおづえ》をついた手から頭が落ちた。すぐに起き上がり、ミヒャエルの肩まで毛布をかけ直してやった。ミヒャエルがしばらく起きる様子がないのを確認して、アンネリーエは部屋を出る。

この後の付き添いはニコラと交代だ。

アンネリーエはそのままアルノーの部屋へ向かった。軽くノックをしてドアを開けば、やはりアルノーは執務机でペンを握っていた。

「ミヒャエルは寝たのか？」

「はい。久しぶりにアルノー様と夕食をとることができて嬉しかったんですね。なかなか寝付けなかったようです」

アンネリーエがそう言うと、アルノーは書類に目を落としたまま、ふ、と優しげに笑った。

めずらしく定時で仕事を終え帰宅したアルノーを、ミヒャエルは上機嫌で出迎えた。夕食時にもずっとアルノーに話しかけていた。

「出かけた人がちゃんと帰ってくるのが嬉しいみたいです」

「……そうか」

書類をめくっていた手を止め、アルノーはそうつぶやいた。アンネリーエはすたすたと早足で歩いて、アルノーの隣に立った。書類を覗き込んで、彼の手からペンを取り上げる。

「さあ、アルノー様も寝ましょう。お仕事は明日でいいでしょう。健康第一！」

ぐいっと腕を引いて、アルノーを立たせる。アルノーの腕に自分の腕をからめたアンネリーエは、彼のその美しい顔を間近で見上げた。

「ミヒャエル様も将来はアルノー様くらい背が高くなるのかしら」

「まあ、その可能性は高い。兄も私と同じくらいの身長だったから」

「じゃあ、きっとそうですわ。ミヒャエル様は最近どんどん成長なさってるので、抱っこできるのも今のうちだけですわよ」

「そうか？　あまり大きくなったようには見えないが」

「まあ、では明日さっそく抱っこなさってください。とっても重いんですから」

「では、さっそく」

「きゃあ」

アルノーはいきなりアンネリーエを抱き上げた。急に床が遠くなって、アンネリーエはアルノーにしがみつく。

「確かに、重いな」

「アルノー様！」

じたばたするアンネリーエを抱え、アルノーは笑いをこらえながら寝室に向かうのだった。

Koshakuke no
itatte heiwa na
itsumo no
shokutaku

Episode 3

ゼーバルト侯爵家の人々

Koshakuke no itatte heiwa na itsumo no shokutaku

アルノー・ゼーバルトは優秀な事務官であった。

常に二歩三歩先を見越し、突然の予定変更にも顔色一つ変えることはない。相手の次の行動を予測し、何が必要で何を用意すべきかを考え、道を調えておく。王城内でもアルノーの名は通っていた。次期宰相である兄の優秀な、補佐、であると。

ゼーバルト侯爵家は建国以来から続く由緒正しい家系である。かと言って、代々宰相を輩出しているというわけではない。アルノーの兄であるクルトは、たまたま学生時代に同級生だった王太子と親しくなり、そのまま側近となっただけのことだった。

厳格な父親。おとなしい母。聡明な兄。

家督を継ぐわけでもない次男のアルノーは、自分で生きていくための術《すべ》を身につけるべく厳しく教育された。

才能があったから勉強をしたわけではない。ただ単に、剣を振るうのはあまり向いていなかったからだ。武官になれないのであれば、文官になるしかない。もしくは、親戚筋の跡取りのいない貴族の養子、または婿《むこ》となるか。

それは向いていないいな。

自分には愛想というものが欠如している。アルノーは深く自覚していた。ならば残されるのは文官の道のみ。できれば実入りがよく、あまり他人と関わることのない目立たない職種がいい。自分から選べるようになるには、やはり勉強するしかない。

幸い、父は高名な家庭教師をつけてくれた。アルノーは日々勉強に励んだ。

——まだそんなところをやっているのか。クルトはもっとできたぞ。

勉強部屋を覗きに来た父にそう言われても、特に何も感じなかった。ああ、そうなのか。では、もっと頑張らなければ。そう思うだけだった。

父の目を盗んでやって来る母は、机に向かうアルノーの背後から静かにノートを覗き込むだけで特に声はかけない。褒めれば父から、甘やかすな、と叱られるからだ。そっとアルノーの背中に手を添えて、優しく微笑んで帰ってゆく。

アルノーを唯一褒めてくれるのは、兄だけだった。

子供の頃の三歳の歳の差は大きい。口元に笑みを携え、兄がアルノーの書いたノートをゆっくりとめくってゆく。時には頷いたり、眉を上げたりする。

——ここの部分はかなり悩んだようだね。しかし、こちらの問題はこの解法に気付けたとはなかなか勘がいい。であれば、さっきの問題はこう考えてみてはどうだ。

兄は必ず具体的に感想を述べてくる。アルノーを褒めつつ、さらに良い方向へ導いてくれる。兄に褒められるのはことさら誇らしいことだった。

兄ほどではないが比較的優秀であったアルノーは、貴族学校でも常に首席だった。と言っても、次席と大差があるわけではない。驕《おご》ることなく、黙々と研鑽《けんさん》を積むアルノーをやっかむ者はほとんどいなかった。

成績表を見た父は初めてアルノーの相対的な評価を知ったらしい。それでも笑顔一つ見せることなく、叱咤《しった》するのみだった。今後とも努力を怠ることなく、兄の手助けをし支えるように、と。

学校を卒業後は、事務官として王城に出仕することとなった。すでに王太子付きの事務官だった兄の口添えもあったのかもしれない。同級生たちよりも比較的スムーズに決まったと思う。

初めは国内の祭事を取り仕切る部署へ配属された。スケジュールを決め、各所へ然《しか》るべき手配をする。祭事には平民から官吏、貴族まで様々な人々が関係した。時には不意に生じた軋轢《あつれき》に巻き込まれることもあったが、アルノーはその度に試行錯誤を繰り返し、最適解を見つけてきた。

兄のコネ、などと揶揄《やゆ》していた者たちも、いつの間にかいなくなった。

王太子付き事務室へ部署異動の話が上がったのは、王城で働き始めて二年が過ぎた頃だった。

――兄の手助けをし支えるように。

父の言葉が頭をよぎった。なるほど、こういうことか。

優しい兄は穏やかな上司となった。アルノーは上司の仕事が滞ることのないよう、万事手筈《てはず》を調える。上司に言われる前に資料を用意し、上司が行く先には事前に話を通しておく。アルノーは優秀な補佐官であった。

順調に出世して行く兄。その付属品のアルノーもまた、同時にひきたてられていった。兄の補佐官であるアルノーにも側近がついた。補佐官の補佐官という妙な役職。ライナーとはこの頃からの付き合いである。

ライナーは元は騎士であった。結婚し子供が生まれたのを機に、文官に転職した。本人曰《いわ》く、娘が可愛くて明日死ぬかもしれない職になど就いていられない、のだそうだ。他部署にいたのだが、護衛代わりにもなる事務官として異動してきた。ただの事務官であっても、王太子付きであると身の危険があることも多いのだ。

長身で筋肉質、そしてやけに明るい性格。ライナーと一緒に過ごすと心身ともに感じる窮屈さにも慣れてきた頃、アルノーの兄の結婚が決まった。

次期宰相というただの噂が、実際に内定したのだろう。相手は隣国ジーンタイル王国の第二王女であった。この国にとっては取るに足りない小国の王女ではあるが、どの令嬢たちよりも身分が高い。宰相の妻にはちょうどいい。

王女は儚《はかな》げな美しい女性だった。透き通るような白い肌に印象的な赤い瞳。薄い茶色の髪は座っているソファに届くほど長い。侍女たちは絹糸のようなミルクティー色の髪、などとささやき合っていた。

「グラシエラでス。よろしクお願いしまス」

おとなしい王女であった彼女は、自分が国外に嫁ぐことになるなど思ってもいなかったのだろう。まだこちらの言葉に不慣れで、ぎこちなく挨拶をした。グラシエラは自国から側仕えの侍女を大勢連れて来ていた。兄はジーンタイル王国の公用語で話しかけている。こちらの言葉を覚えるのには時間がかかるだろうな、とは思った。

ゼーバルト侯爵家の屋敷は急に住人が増えた。どこに行っても誰かがいて、賑やかな話し声が聞こえる。何となく身の置き所がなくなったアルノーは家を出て、王都のアパートで暮らすことにした。

狭い部屋での一人暮らしは静かで心地よかった。週に二日ほど侯爵家からの使用人がやって来て掃除や洗濯を済ませてくれているし、食事はすべて外食すればよい。

実家には父に呼び出された時にしか近寄らなくなった。グラシエラとはその時に挨拶を交わす程度。

「ご機嫌よウ。アルノー様」

彼女と愛想程度の会話をしても、まだ言葉をよく理解できていないのか手ごたえの無い反応が返って来るだけだ。ぎこちなく戸惑いつつもやんわりと微笑むグラシエラは、薄い色素のせいかあまり人間味がない。妖精《ようせい》とかそういったもの。とても遠い存在のように感じた。アルノーはジーンタイル語を話せるけれども、そこまでして話したいこともない。

「ご機嫌麗しゅう、義姉上」

いつもそう一言交わすのみだった。

それから一年もすると、ミヒャエルが生まれた。あんなにも小さな人間を見たのは初めてだった。

淡い光の射す窓辺でグラシエラがミヒャエルをあやしている。妖精が天使を生んだ。我ながら言い得て妙だな、と思った。

幸せそうな兄、いつもしかめっ面の父が孫に喜び、母がめずらしく声を上げて笑っている。その周りで使用人たちも楽しそうにしていた。何となく輪に入ることのできないアルノーは遠くからそれを眺めていた。

ある日、父から呼び出され久しぶりに屋敷を訪れた。アルノーの部屋に残していた荷物は、一番奥の客室へ追いやられていた。空き部屋となったアルノーの部屋は、ゆくゆくはミヒャエルの部屋となるのだろう。改装の計画が立てられているようだった。さっさと荷物を片付け、部屋を明け渡してやらなければ。ここはもう兄の家なのだ。

呼び出された理由は薄々気付いていた。アルノーの婚約者が決まったのだと言う。兄の家庭が落ち着いたのだから、そろそろだろうと思っていたのだ。

相手はヒルトマン侯爵家の長女デボラ。社交界へ全く顔を出すことのないアルノーもさすがに名前くらいは知っていた。顔までは知らないが。平民となる予定の男の元へよく嫁ぐ気になったものだ、と思ったら、父が持っている子爵の爵位を継がせる予定らしい。アルノーの知らないところで勝手に自身の身の振り方が決まっていた。

デボラはアルノーよりも三歳年下で、紺色の美しく波打つ髪、黒い瞳を持つごく普通の令嬢だった。品が良く落ち着いた性格のようだったので安心した。キャンキャンとうるさい女性は苦手だったからだ。

行事ごとに儀礼的に贈り物を贈り合い、月に一度ヒルトマン侯爵家で顔を合わせて紅茶をすする。ぽつりぽつりとデボラが当たり障りのない話をし、アルノーが相槌を打つだけ。ほとんどの時間を庭の景色を見て過ごしたように思う。

紅茶をきっかり一杯だけ飲んで帰る。そして、次の約束をする。ただ、それだけ。

こんな面白みのない男と過ごしても楽しくないだろう、かわいそうに。


このまま安定した単調な日々が続くのだと思っていた。

流行病で母が死んだ。

あっという間だった。これにはさすがのアルノーも驚いた。順調に回復していると聞いていたから、一度見舞いに行っただけだった。あれが最後になった。

母の葬式で久しぶりに見た父は、ひどく痩《や》せていた。そのせいで、いつもの不機嫌そうな表情がさらに険しく見えた。

いつになく厳しい顔をした兄が父の隣に立つ。静かに涙を流すグラシエラをミヒャエルが不思議そうに見上げていた。

葬式が終わり、戻った屋敷で所在なくぼんやりしていたアルノーの元へ、ミヒャエルがよちよちとやって来た。

「おじゅーえ」

「え」

「おじゅーえ？」

「え？」

ぽかんとするアルノーの背後から、笑い声が聞こえた。振り向くと、兄は手で口を隠しているものの、笑い声が漏れている。

「ミヒャエルが呼んでるだろう。返事してやってくれ」

「おじゅーえ、とは私のことだったのですか。何と言っているのかと」

「おじうえ、と言いたいんだがまだ上手に言えないんだ」

「おとしゃま」

ミヒャエルが両手を伸ばす。兄はミヒャエルを抱き上げた。

つい先日生まれたばかりだというのに、もうしゃべるというのか。アルノーは純粋に驚いた。そして、感動した。

「グラシエラが教えたんだ。本当はおじさまと呼ばせたかったのだが、お爺様《じい》と叔父《おじ》様はややこしい。仕方なく、叔父上と覚えさせたんだ。ほら、もう一度呼んでごらん、ミヒャエル」

兄の腕の中にいるミヒャエルが小さな手を伸ばしてくる。

「じしゃま」

「じいしゃまはあっちだ。こっちはおじうえ。アルノーおじうえ、だろう」

呼ばれたと思ったのだろう、ホイホイと父がこちらにやって来る。怒っているのか笑っているのか微妙な顔をしてミヒャエルを抱き上げた。その手がやけに骨ばっていたのが印象的だった。

それから一年もしないうちに、父も亡くなった。母が亡くなった後は、抜け殻になったようにおとなしくなり、みるみる衰弱していった。

それほど仲が良いようには見えなかったが、分からないものだな。

父と母が共に眠る墓の前で一人、アルノーは思った。小さな花束を右手から左手に、また右手に、と何度も持ち変える。

思えば、アルノーがこうして事務官としてやっていけているのも、父が優秀な家庭教師をつけてくれたからだ。厳しかったが、アルノーの将来の道筋をつけてくれたのは他でもない父だった。母からは励ましの言葉はなかったけれど、アルノーを否定するような言葉も一切なかった。背中に残る母の手の温かさを今頃になって思い出すとは。

もっと大きな花束を買えばよかった。アルノーは墓に花を供え、立ち上がった。

一陣の風が吹き、アルノーのコートを揺らした。風は芝生を撫で向こうの丘まで吹き、薄い水色の空に消えていった。

「ジーンタイル王国の情勢があやうい」

アルノーから書類を受け取った兄がつぶやいた。独り言かと聞き流そうと思ったが、内容が内容である。ここは兄の専用の執務室。信頼の置ける側近たちが静かに自席でペンを走らせているだけだった。誰にも聞かせたくない話をするには最適な場所だ。

「改革派の動きが急激に活発になった。内乱とならなければ良いのだが。我が王城に届く書状にも注意してくれ」

兄の言葉にアルノーはすぐに頷いた。密偵がどこに潜んでいるか分からない。妙な動きをしている貴族などがいるかもしれない。よその国の揉め事に巻き込まれるわけにはいかないのだ。

アルノーの勤める事務官室は残業が増えた。怪しい書状には密かに探りを入れるため、休日出勤も続いた。当然、デボラとの茶会はキャンセルとなった。家令がお詫びの品を送っているはずである。

「おじーえ！」

先日まで、頼りない足取りだったミヒャエルが駆けて来る。

故郷のいさかいに胸を痛めているグラシエラが体調を崩しがちだと聞き、アルノーは時間を見つけては実家の侯爵家へ足を運んだ。アルノーがミヒャエルの面倒を見ている間に、兄がグラシエラの看病をしている。

来るたびにおやつやおもちゃを持って来るアルノーにミヒャエルはよく懐いていた。幼児の喃語《なんご》を聞き取れる気配は一向にないが、見慣れた髪色だからだろうか、面倒臭さも嫌悪感も湧いてこない。

　特に趣味も用事もないアルノーは残業も休日出勤も買って出ていた。他の事務官たちはお互いに予定を擦り合わせて休日をやりくしている。家族のいるライナーは、本日休みだった。

　通常なら記入漏れがないか確認してすぐに決裁してしまうような書類も、ここ最近はきちんと読み込んでいる。

「婚約破棄、か」

　書類を持ち上げたアルノーがつぶやく。二つ離れた席で、本日の休日当番である事務官が顔を上げた。

「すまない、独り言だ」

　アルノーが軽く手を上げると事務官は再び手元の書類にペンを走らせた。アルノーも手の中の書類に目を落とす。記入に不備はないようだ。貴族の婚約、結婚には国王の許可が必要だった。実際には王太子が可否を判断し、国王が判を捺《お》す。その書類の事前調査はアルノーたち事務官の仕事だ。

　カイ・ヒンターマイヤー伯爵令息とアンネリーエ・バーナー伯爵令嬢の婚約破棄。

　アルノーは貴族名鑑を開いた。二人が実在する人物かどうか、名前、生年月日などを確認する。カイの有責で両家共に婚約破棄を了承。ヒンターマイヤー家は平凡な伯爵家だが、バーナー伯爵家は国内でも有数の裕福な家である。きっと政略的な意味合いもあっただろうに。

「しかも、こんな時期に」

二人は貴族学校を卒業したばかり。卒業後に結婚する予定だったのではないだろうか。令息の方はどうあれ、ご令嬢の方は今から新しい婚約者を見つけるのは大変だろうな。

そんなことを考えたのも一瞬のこと。書類を処理済みの箱に入れると、二人のことはすっかり忘れてしまった。

「アルノー」

めずらしく兄がアルノーたちの執務室へ顔を出した。もう一人の事務官があわてて立ち上がり、給湯室へ走ろうとする。

「いいよ、すぐに出て行くから。ありがとう」

兄はそう言うと、アルノーの席までやって来た。

「アルノー。明日、私は王太子殿下の遣いで地方回りをすることになったんだ。一泊してくることになると思う。できれば、明日の夜は屋敷で過ごしてくれないか。お前の部屋は整えておくから」

「わかりました」

即答したアルノーに、兄はゆっくりと頷く。

「すまないね。ミヒャエルの機嫌が良いと、グラシエラの調子も安定するんだ。そうすると、侍女たちも落ち着く」

グラシエラが寝込むとお付きの侍女たちが大騒ぎし、さらに具合が悪化してしまう。以前、兄がそうこぼしていたのを思い出した。

「構いません。しかし、明日はあまり天気が良くないようですが。後日にしては？」

「そうしたいのだが、日程的に今しかなくってね。御者とも相談して、少し遠回りして行くことにした。だから、日帰りは不可能なんだ」

「そうでしたか。お気をつけて」

「ああ。ありがとう。頼んだよ」

兄は片手をひらひらさせ、執務室を出て行った。

これが兄との最後の会話だった。


ちょっとした不幸が重なって起きた馬車の事故だった。街道から延びる大きな橋は雨上がりで濡れていて、その下を流れる川はいつもよりも水量が多くなっていた。誰もが馬車を慎重に走らせ、街道には橋を渡る順番待ちの行列ができていた。一向に進まない渋滞に業を煮やし、兄は急遽ルートを変更した。そうして選んだ細い山道は、ひどくぬかるんでいたそうだ。馬が足を滑らせ、馬車が横転。死亡したのは打ち所の悪かった兄だけ。

執務室に飛び込んで来た王太子からそう直々に聞いた。

握っていたペンがいつの間にか机の上に転がっている。この部屋を出て行った兄の背中。顔が思い出せない。昨日のことだというのに、もう遠い遠い昔のことのようだ。

「アルノー！」

ライナーの声にハッとした。

「すみません。すぐに、向かいます。……ライナー、義姉上とミヒャエルを連れて来てくれ。いや、やっぱりミヒャエルはいい」

「分かった。ミヒャエルはうちで預かろう」

父母の死が続いたこともあって、葬式の手配は慣れたものだった。親戚たちもさすがに言葉が見つからないのだろう。式が終わったら早々に帰って行った。取り乱したままだったグラシエラはとうとう式には参加できなかった。ライナーに抱かれたミヒャエルはやけにおとなしかった。屋敷の使用人たちは、悲しみに暮れるか呆然《ぼうぜん》とするかのどちらかだった。人はいるのにひっそりとしている屋敷。そのせいか、アルノーの頭はとても冷静だった。

まずは兄の仕事の引き継ぎ。補佐をしていたので、兄の側近たちと協力すれば滞りなく引き継ぐことはできるだろう。また、兄が継いでいたゼーバルト侯爵家は、アルノーが継ぐことにした。後継の教育を受けていないので荷が重かったが、親戚に譲るのはやめた。

ゼーバルト侯爵家の正式な跡取りは、ミヒャエルである。

しかし、ミヒャエルはまだ四歳。あの子に確実に爵位を継がせるためには、自分が中継ぎを務めるしかなかった。

自分の仕事をしながら、兄が抱えていた仕事もこなした。屋敷のことは家令に任せているとはいえ、様々な些事《さじ》に時間を取られる。しかし、そのうち兄の側近のうちの誰かが兄の役職に就くことになるだろう。そうなれば、かなり仕事は減るはずだ。一時的なことと割り切って、アルノーは寝る間を惜しんで働いた。

そうした冷静なアルノーの姿は、人々の目には異様に映った。家族の死に悲しみもしない冷血漢。立て続けに死の続く不吉な侯爵家。次男のくせに爵位が転がり込んでくるなんて、むしろ幸運なのでは。ひょっとして、兄の事故はアルノーが。そういや、父親だって元気だったのに急だった。

兄の出張は王太子の命だった。急遽山道のルートを選んだのも兄だ。近しい者であればアルノーに非がないということは分かっているはずだ。しかし、そういった噂が消えないのは、自分の不徳の致すところである。アルノーはこれと言って特に否定も肯定もしなかった。やるべきことをやり、時が過ぎるのを待つだけだ。

しかし、予想外のことが起こった。兄の役職にはアルノーが就くこととなった。側近はあくまで側近。補佐がその後を継ぐべき。兄の側近たちが全員アルノーを推したらしい。兄の側近たちはそのまま全員アルノーの側近となった。

王太子から正式に任命され、アルノーは自分の席を片付けた。と言っても、隣の部屋に移るだけである。業務は変わらない。今までやってきた補佐の仕事がなくなる分、かなり楽になるはずだ。

「まあ、まあ。俺もいるからそう不安そうにするなよ」

一緒に机を片付けていたライナーが笑顔を見せた。

「そんな顔をしていたか」

「いや? いつもと同じ無表情だよ」

「じゃあ、何でそんなこと言うんだ」

空になった引き出しをパタンと閉めて、ライナーが立ち上がる。

「言うさ。友達だもん」

アルノーがきょとんとすると、ライナーはさらに笑った。ライナーも側近として、アルノーと共に異動することになっている。

兄の爵位、地位、側近をそっくりそのまま継いだ。これでは確かに画策したと言われても仕方がないな、と思った時、ふと思い出した。兄の家族はどうしているのだろう。

どうして忘れていたのだろう。グラシエラはほぼ毎日寝込んでいる、という報告は受けている。彼女の側には長年側にいる侍女たちがいるから、と特に何もしなかった。では、ミヒャエルはどうしているのだ。

今夜は侯爵家の屋敷に帰ってみるか。アルノーは久しぶりに定時で仕事を終え、馬車に乗り込んだ。いつもは徒歩で自宅アパートへ帰っていたから、実家だというのに何となく落ち着かない。窓から覗く景色は季節が変わっていて、そんなことにも気付かなかった自分の余裕の無さに苦笑いする。

「お帰りなさいませ。旦那様」

長年の付き合いの家令が深々と頭を下げる。こんなにも白髪が多かっただろうか。少し痩《や》せたような気がする。

「それはやめてくれと言っただろう。今まで通りでいい」

立て続けに主《あるじ》を失い、あげくにこんな頼りない自分が屋敷の主人になったのだ。気苦労も多かったのだろう。仕方がない。

「かしこまりました、アルノー様」

ふふ、と目尻《めじり》のしわを深くした表情は、子供の頃から見慣れたものだった。その奥には、侍女頭と二人のメイド。皆、アルノーが子供の頃から屋敷に勤めている者たちだ。両親、そして兄が亡くなり、屋敷の使用人はかなり少なくなった。先触れはしていたというのに、出迎えは最小限でひっそりしていた。

「グラシエラ様はかなり憔悴《しょうすい》されておりまして、あれ以来ほとんど部屋からは出ていらっしゃいません。部屋に近付けるのはお付きの侍女だけでして、私たちはそれ以上のことは……」

アルノーの部屋は、客室が並ぶ階の一番奥。帰る度に整理していたから、残していた荷物はかなり減っている。侍女頭が大急ぎで整えてくれたのだろう、室内は適温に保たれているし、ベッドには新品のシーツがピンと張られている。

「義姉上は長年の付き合いの侍女たちに任せよう。ミヒャエルはどうしている」

アルノーが外したクラバットを受け取った家令が顔を曇らせる。

「グラシエラ様の体調がよろしくないのを察していらっしゃるのだと思います。グラシエラ様と顔を会わせるのは朝と寝る前の挨拶の時だけでございます。それ以外は、ほぼ自室で絵本を読んだり、一人でおもちゃ遊びをしたり……なるべく静かに過ごしておられます」

「……まだ四歳の子供だというのに、いたわしいことだ」

アルノーのつぶやきに、家令も小さく頷く。

「もう寝ているだろう。明日の朝、ミヒャエルの顔を見てから出仕することにする」

「かしこまりました」

家令がほっとしたような表情を見せた。


「おじうえ！」

アルノーの元に駆けてきたミヒャエルは、服はきちんと着替えていたが髪に寝癖がついたままだった。そのアンバランスさにアルノーが思わず口の端を上げると、ミヒャエルが嬉しそうに笑った。

「いつの間にかそんなにしっかりとしゃべれるようになっていたのだな」

しゃがんでもまだ目線が低い。頭を撫でてやるとミヒャエルが手に頬を擦りつけてくる。

「もうおしごと行っちゃうの？」

「ああ。でも、お前の顔を見てから行こうと思っていたんだ。部屋で待っていてよかったのに」

「行っちゃうとおもったから」

「なかなか来ることができなくてすまない」

アルノーがそう言うと、後ろに控えていた侍女が顔を上げた。少し眉をひそめた後、そっと目を逸らす。彼女はグラシエラがジーンタイル王国から連れてきた侍女の一人だ。子守係としてミヒャエルの面倒を見ている。

「今日も帰って来る？」

「いや、今日は遠慮しておくよ。そう毎日邪魔するものでもない。ミヒャエルの顔を見ることができてよかった。また来る」

アルノーの返事に家令と侍女が複雑な表情を浮かべた。

「うん。やくそく。おじうえ、行ってらっしゃい」

不安そうにしながらも聞き分けのいいミヒャエルに後ろ髪を引かれながら、屋敷を後にした。

王太子に呼び出されたのは、その次の日のことだった。

「アルノー、お前。まだアパート暮らし続けてるんだって？」

執務机に頬杖をつき、王太子ウルリヒが言った。質問の意図が摑めず首を傾げるアルノーに、ウルリヒが眉をひそめ心底呆れたようにため息をつく。

「当主が屋敷に住まずにアパート暮らしっておかしいだろう」

アルノーは少しだけ眉を上げた。

昨日の家令と侍女の表情が頭に浮かんだ。ああ、だから二人はあんな顔を。

「そういえばそうですね……。気付かなかった」

アルノーにとって、侯爵家の屋敷は兄の家という認識だった。爵位を継いだのだから、あの家はアルノーのものなのだ。

「……しかし、私と義姉上が同じ屋敷に住むのもおかしいでしょう。私はこのままでいいと思っています」

「そうは行かないんだよ、アルノー」

ウルリヒは頬杖をついていた手を今度は机に移し、人差し指でトントンと叩く。察しの悪いアルノーにいら立っているようだった。

「現在、ゼーバルト侯爵はお前だ。あの屋敷もお前の物だ。だからと言って、前侯爵夫人を追い出すわけにもいかない。彼女の故郷の国はまだ落ち着かない。しかも、王家の方がやや傾きつつある」

ウルリヒの話に、アルノーがすぐに言葉を返す。

「追い出すなんてことはしません。ミヒャエルは侯爵家の正式な跡取りです。あの子が成人したら爵位はすぐに返すつもりです」

「グラシエラ夫人は他国の元王女だ。うちの国としても、寡婦になったからと言って彼女を保護しないわけにはいかない。じゃあ、元王女に屋敷を明け渡して当主がアパート暮らし？　離れを作って夫人をそっちに追いやる？　どれも外聞が悪い。悪すぎる。どうしたらいい、アルノー」

ウルリヒに詰問され、アルノーは言葉に詰まる。自分がアパート暮らしを続けることの何が悪いというのだ。

唸るアルノーから視線を外さないまま、ウルリヒは机の上で静かに指を組んだ。

「グラシエラ夫人を娶《めと》れ、アルノー」

「はあ⁉」

「そこまで驚くことじゃない。政略結婚したどちらかが死んだ場合、そのきょうだいが代わりに結婚して姻族関係を維持する。きょうだい間ではよくある話だろう」

確かにめずらしい話ではない。しかし、アルノーはそんなこと微塵《みじん》も考えたことはなかった。政略結婚だったけれども、兄と義姉は仲が良かった。あの二人の間に割って入るような真似はできない。

「お前と結婚すれば、彼女は侯爵夫人のままだ。屋敷を出る必要もない。危険な自国に戻らなくていい」

「……別に婚姻しなくても、あの屋敷に住み続けることだって……」

「彼女は今、他国出身のただの居候の寡婦だ。ジーンタイル王国の情勢はあやうい。もしものことがあれば、親子を返せと言ってくるかもしれない。そうなったら、こちらは何もできない。ミヒャエルは順位は低いが王位継承権を持っているんだぞ」

ウルリヒは声の調子を低くして、つぶやくように言った。アルノーはその言葉にハッとして身を固くした。

「困ります。ミヒャエルは、我が家の跡取りです」

「そうだろう。侯爵家の息子であれば、我が王家も彼女たち親子を堂々と守ることができる。私だって、クルトの子を易々《やすやす》と戦乱の起きている地には送りたくないんだ」

最後の言葉は小声で、まるで漏れてしまった本音のように聞こえた。ウルリヒは指を何度も組み替え、悲し気にうつむく。

「お前には申し訳ないが、あの親子を守るためだ。受け入れてほしい。彼女には私から説明するつもりだ」

「……はい」

アルノーは小さく頷いた。ウルリヒの言っていることは正しい。アルノーだって、あの二人を守りたい。だったら、そうするしかない。が、大切なことを思い出した。

「待ってください。私には婚約者がいます」

「知ってるよ。今回ばかりは状況が状況だ。向こうの家にも私が説明しよう。ああ、デボラ嬢には王家から良い縁談を紹介するから安心しろ」

王家からの直々の打診であれば、あちらの家も断るわけにはいかないだろう。別に愛し合っていたわけではない。王家からもたらされる縁談ならば、むしろアルノーと結婚するよりもずっといいだろう。

アルノーは頷くと、あごにふと手をあて考え込んだ。

「……縁談ですが、彼女の、デボラ嬢の意思を尊重してあげてください。断れない縁談ではなく、あくまでも縁談の主導権は彼女に」

ウルリヒはゆっくりと目を細めた。申し訳なさげに眉を下げると、ふふ、と小さく笑う。

「わかったよ。命じることはしないと約束しよう。お前には選択の自由を与えることができなくてすまない。結婚はお前の人生の大切な岐路の一つであったろうに」

「構いません。家のために尽くすのもまた貴族の家に生まれた者の務めです」

アルノーは礼をして王太子の執務室を後にした。

デボラ、そしてその親であるヒルトマン侯爵も婚約の解消を受け入れた。怒るどころか、不幸の続いたゼーバルト侯爵家、そしてミヒャエルの身を案じてくれていたそうだ。

アルノーは見慣れた書類に自分の名前が書かれているのを不思議な気持ちで見つめていた。まさか自分の婚約解消の書類手続きをすることになるとは。不備などあるはずもない。完璧な書類である。

そういえば、婚約破棄されたバーナー伯爵家の娘はどうしているのだろうか。あの後すぐに、相手だったヒンターマイヤー伯爵家の息子は別の相手と婚約していたはずだが、その後に彼女の名を見た記憶はない。まだ新しい婚約者は見つかっていないのだろうな。なんて名前だったかな。思い出せないけれど、かわいそうに。

そういうアルノーは、婚約期間は置かずにそのままグラシエラと結婚する。デボラはまだ婚約者が決まっていない。彼女は何一つ悪くないのに、元王女を前に捨てられた令嬢と噂が立ってしまっていた。相手の有責であろうと、結局女性はいつだって不利なのだ。

なるべく条件の良い相手と彼女の婚約届がここに送られてくるように、と、アルノーは心の中で小さく祈った。


グラシエラと籍を入れたアルノーは、暮らし慣れたアパートを解約し、実家の侯爵家へと戻った。王都の一等地だが、王城へは馬車が必要な距離だ。歩いて通えることのできたアパートはやはり便利だった。繁忙期の仮眠場所として残しておけばよかった。

グラシエラは具合の良い日は部屋から出て来るようにはなったが、いつも侍女たちに囲まれている。アルノーとは顔を合わせた時に挨拶をする程度。夫を亡くし、実家も頼れないという寄る辺ない身の不安も落ち着いたらしい。侍女たちとの談笑にも付き合えるようになったようだ。

アルノーは変わらず、一番奥の客室を自室として使っている。朝早くに王城に出仕して、夜遅くに帰る。グラシエラの連れて来た侍女たち以外の使用人は、かなり少なくなった。ほとんど屋敷にいないアルノーの世話は、古参の使用人たちだけで十分だった。若い者たちには他の屋敷への紹介状を書いた。彼らはもっと活気がある職場へ移った方が遣り甲斐があるだろう。

「おじうえー。行ってらっしゃい」

玄関を出る前に、ミヒャエルが駆けて来た。離れたところには、グラシエラの姿もある。アルノーが目礼すると、彼女と侍女たちがいっせいに礼をする。

「おじうえ、ご飯食べた？」

「ああ。ミヒャエルは食べたのか？」

「これから」

「そうか」

音もなくミヒャエルの背後にグラシエラが近付いていた。以前よりもかなり痩せている。青白い顔をしているが、優しい母親の表情で息子の肩に手を置いた。

「ミヒャエル。叔父上ではないと言ったデしょう。お父様、と呼びなさイ」

「んー？　とうさま？　だって、おじうえはとうさまじゃないよ」

「アルノー様がお父様になったと、言ったでしょウ」

「だって」

「ミヒャエル、だってじゃないのよ」

グラシエラの声が震えている。戸惑うミヒャエルがアルノーの顔を見上げた。

ウルリヒからは、親子として振る舞うようにと言われている。ミヒャエルはゼーバルト侯爵家の跡取りである。けして国外へ出す気はない、と内外へ示す必要があるのだ、と。正式な国民であれば、王家はミヒャエルを守ることができる。グラシエラも、故郷のことではあるが内戦の続く地へ息子を連れて行く気はないのだろう。ウルリヒの命に従うことにしたようだ。

アルノーはしゃがみ込んで、ミヒャエルの頭に手を置いた。そして、彼の顔を覗き込んで言った。

「ミヒャエル。私のことは、父上と呼びなさい」

ミヒャエルが不思議そうにアルノーを見上げた。

「ちちうえ？」

「そう。お前のとうさまはとうさま一人だけだ。私ではない。叔父上と言えるのなら、父上とも言えるだろう？　ちょっと呼び方が変わるだけだ」

アルノーの言葉に、グラシエラが両手で口元を覆った。みるみる瞳に涙が溜まってゆく。ミヒャエルと同じ、赤い、澄んだ瞳だった。

「ちちうえ」

「そう。今後はそう呼びなさい」

ミヒャエルが素直に頷いた。アルノーが立ち上がると、侍女たちがグラシエラの元へ駆け寄った。玄関の隅で息を殺すようにして控えていたライナーと共に、屋敷を出た。

アルノーは変わらず多忙な日々を送っていた。

事務仕事だけではなく、王太子の視察に同行することもある。人当たりの良かった兄とは正反対に、無表情で愛想の一つも言わないアルノーは非常に評判が良くなかった。

「まあ、お前はそれでいいよ。媚《こ》びて大目に見てもらおうとする奴らが寄って来なくなって、面倒が減った」

視察先からの帰り道、馬車の中でウルリヒが言った。ウルリヒはそのまま伸びをして、壁に寄りかかって居眠りを始めてしまった。明日の視察先の打ち合わせをする予定だったのだが、アルノーは諦めて資料の束を鞄に仕舞った。

景色を見る気分にもならず、窓のカーテンを閉めた。薄暗くなった車内に、馬の蹄の音と車輪が石を撥《は》ねる音が響いた。

先日、検印を捺した書類の束の中にデボラの婚約届が入っていた。相手はエーレンベルク公爵だった。彼女よりも十歳ほど年上であるが、様々な国へ留学していた才子である。本人的には留学ではなく放浪であったようだが、とうとう家督を継ぐこととなり帰国し結婚することにしたらしい。きっと王家からの打診もあったのだろう。どちらにしても、ゼーバルト侯爵家よりも格上の公爵家である。アルノーは少しだけほっとした。

部屋に閉じこもりがちだったミヒャエルも庭を走り回るほどに元気になったと報告を受けている。気がかりだったことが少しずつ解決していく兆しが見えてきた。あとはグラシエラの体調が良くなるのを待つだけだ。

ウルリヒはぐっすりと眠っている。アルノーもウルリヒも、しばらく休日返上で働いていた。少し仮眠を取ろうか。ちょうどいい薄闇と静けさである。アルノーは深く腰掛けて目を瞑った。

「ぐううぅぅ〜、ぐううぅぅ〜〜〜」

「え、このタイミングで？」

車内にウルリヒの高貴ないびきが響き渡る。

「ぐううぅぅ〜、ぐううぅぅ〜〜〜」

「殿下、殿下。うるさいです」

「えっ、あ。ごめん。俺、いびき搔いてた？」

「はい」

アルノーはそう返事をすると、腕を組んですぐに目を瞑った。

「………………え、普通、王太子を起こすか？」

「…………」

「嘘《うそ》だろ……」

すっかり目の覚めてしまったウルリヒは、静かな寝息を立てるアルノーの姿に愕然とした。


視察から数日後のことだった。

書類を提出するためにウルリヒの執務室を訪れた。衛兵もアルノーの顔を見れば何も言わずにドアを開けるようになっていた。

「殿下。先日の議題をまとめた物に、補足資料を添付しました。急ぎではありませんが、それほど猶予があるものではありませんので、そのように」

執務机に向かっているウルリヒは、返事をするわけでもなくうつむいたまま顔を上げない。

「殿下？　どうされました」

「アルノー。グラシエラ夫人を一度、里帰りさせてやろうか」

ウルリヒの言葉にアルノーは大きく瞬いた。よく見れば、机の上に置かれたウルリヒの手には書簡が握られている。それはこの距離からでも分かるほど上質の紙で、高貴な身分の者が認めた物であるのがわかった。

「ジーンタイル王国の情勢がようやく落ち着いてきた、と報告が上がってきていたのは知っているだろう？　王家とその改革派も互いの兵が減り疲弊している。和解の方向へ向かっているらしい」

「そうですか。確かな情報なのでしょうか」

「うーん、俺もそう思って調べさせてはいたんだが……こんな書簡が届いてね」

ウルリヒから手渡された書簡をひっくり返してみて、アルノーはぎょっとした。そこにはしっかりと玉璽《ぎよくじ》が捺されていたのだ。これは確かジーンタイル王国のもの。どう見ても本物のようだ。他国の王族が送って来た書簡を、こんなに簡単に受け取っていいのだろうか。おそるおそる開き、綴《つづ》られた文字を目で追う。

医療物資援助の礼、国内の現状、これから先の見通し。そして、最後に娘であるグラシエラの身を案じていた。明記はしないけれど、暗に久々の帰国を願う内容だった。夫を亡くし体調を崩していることは伝えていた。その返事のつもりなのだろう。

「信用していいのでしょうか」

「私もどうかとも思うが、また断るにも問題がある。あちらは他国に嫁いだ王女の里帰りで王家が盤石であることを国内外に示したいところであるようだからな」

アルノーはあごに手をあて少しだけ考え込んだ。

「ミヒャエルは置いて行ってもらいます」

「ふむ……確かにそれはその方がいいかもしれん」

ウルリヒがゆっくりと頷いて賛同した。顔を上げたアルノーはまっすぐにウルリヒの目を見て言った。

「ミヒャエルはこちらの国で生まれ育った、我が家の子ですから。あちらの王家の一員と思われるような行動は取らせたくありません」

「なるほど。俺も賛成だ。では、そのように手はずを整えよう。一貴族の単なる旅行ではあるが、他国の元王女の一時帰国でもある。王太子の権限で国境まで兵を付けよう」

「ありがとうございます」

アルノーは深く頭を下げ、執務室を辞した。

その日は定時で仕事を終え、屋敷へ帰宅したのはちょうど晩餐の終わる頃だった。部屋へ戻る途中だったグラシエラを呼び止めた。

「お帰りなさイ、アルノー様。お仕事お疲れ様でス」

「ああ、ありがとう」

アルノーは開きかけた口を一度閉じ、一瞬だけ話すのを躊躇《ちゅうちょ》した。グラシエラも、彼女と共にいる侍女たちも不思議そうな表情をしてアルノーの言葉を待っている。

躊躇《ためら》ったのは、こんなところで話す内容だろうか、と思ったのが一つ。しかし、わざわざ後で呼びつけるのも時間の無駄ではないか。さっさと伝えてやればいいだけの話だろう。

それから、もう一つは。

アルノーはコホン、と軽く咳ばらいをしてから口を開いた。

『王太子殿下からジーンタイル王国の情勢が落ち着いたと伺いました。あなたの所にはそのような連絡は来ていますか？』

アルノーの流暢《りゅうちょう》なジーンタイル王国語に、グラシエラをはじめ、侍女たちも驚いて目を見開いた。今までアルノーがこの言葉で話すところなど見たことがなかったのだ。

『え、ええ……母や兄たちから、手紙が届いていますので……存じております』

『そうですか。では、久しぶりに里帰りなどいかがですか。もちろん我が家へ戻って来ていただかないと困りますが、気分が落ち着くまで少しゆっくりされてきては』

『えっ!?　よろしいのですか!?』

『ええ。王太子殿下からも、そのように勧められました。国境まで兵を出してくれるそうです』

『……本当ですか……！』

満面の笑みのグラシエラが両手で頬を覆う。存外可愛らしい反応に、今度はアルノーが目を見開いた。周りの侍女たちも一緒になってはしゃいでいる。彼女たちもまた、グラシエラが嫁いで来て以来、里帰りをしていないのだ。

『ただし、ミヒャエルは置いて行ってもらいますが……』

アルノーの言葉に、侍女たちがいっせいに顔をしかめる。グラシエラだけが困ったように眉を下げ、無理やり笑った。

『もちろん、そうします。あの子は侯爵家の子ですから。いつかは私の故郷を見せたいと思っていますが、今はその時ではありません』

『申し訳ありませんが、その機会はいつか、また』

『大丈夫。分かっています』

グラシエラはそう言い、にこりと笑った。空気に溶けていってしまいそうに儚げで美しい笑顔だった。そういえば、以前から妖精のような人だったな、などとアルノーは思い出していた。

グラシエラが快諾したことによって、すぐに日程は決まった。

ひっそりとしていた屋敷は、わずかにではあるが、活気が戻ったように思えた。グラシエラが前向きな気持ちになれたことで、周りの侍女たちも以前の明るさを取り戻したらしい。

「ちちうえ、行ってらっしゃーい」

「行ってらっしゃイ、アルノー様」

朝、出仕前に玄関で出会った際にも、以前にはなかった笑顔で見送られるようになった。あれ以来、ジーンタイル王国語で話すことはないけれど、いざという時は言葉が通じると分かったことでかなり安心したらしい。

これほど落ち着くのであれば、もっと話しかけてやるべきだったか。寄る辺ない身であることは理解していたはずなのに。義姉と義弟として、兄との想い出話にでも付き合ってやればよかった。

しかし、アルノーがそう気付くには少し遅すぎた。

「アルノー様。しばらくの間、ミヒャエルをよろしくお願いいたしまス。ミヒャエル、いい子でいるのヨ」

グラシエラに優しく頭を撫でられ、ミヒャエルは納得のいかない表情を浮かべつつもこくりと頷いた。

護衛の兵士を連れてきたウルリヒも見送りの列に加わっている。アルノーはミヒャエルと手をつないで、その隣に並んだ。

ジーンタイル王国に向かう馬車に乗る前に、グラシエラがこちらを振り返る。長いミルクティー色の髪が大きく揺れた。

最後まで、美しい笑顔だった。

グラシエラの滞在は三週間を予定していた。一月いたらいい、と言ったのだが、里心がついてしまうから、と本人が断ってきたのだ。

とんでもない一報が届いたのは、彼女の帰国まであと三日の時だった。

和解していたはずの改革派が、突如王城に攻め込んだのだ。城内に内偵がいたのだろう、あっさりと門は開けられ、まっ先に王族が殺されたという。

「しかも、俺の元へ連絡が来た頃には、隣のレイケン公国が反乱に介入し改革派を倒していた。おかしい。早すぎる。公国が仕組んだことか」

ウルリヒが悔しそうに唇を嚙んだ。

レイケン公国は、我が国と一緒にジーンタイル王家に支援物資を送っていた友好国であった。しかし、その水面下で改革派と繫《つな》がっていたのだろう。改革派に反乱を促し、そして裏切り、それを制圧するという名目で進軍した。あっという間の出来事だった。あまりにもできすぎた話で、まだ証拠はないけれど、現在ジーンタイル王国を取り仕切っているのは公国である。

ウルリヒや国王陛下がレイケン公国をかなりきつく非難し、斃《たお》された王族の亡骸《なきがら》として一緒くたに葬られるところだったグラシエラの遺体を何とか奪い返した。

グラシエラの遺体は、兄の隣に埋葬した。アルノーは墓の前に大きな花束を供えた。兄と義姉二人分である。

地面に片膝を突き、頭を抱えたアルノーの横には、ミヒャエルがいた。声も上げずに、ぽろぽろと涙を流して静かに泣いている。

絶望の底とはここのことだろうか。それとも、もっともっと下があるというのか。もしそうであるならば、アルノーに耐えられるだろうか。

ミヒャエルの肩に触れようと上げた手を、下ろす。

このちっぽけな自分がこのかわいそうな子を守ることができるのだろうか。いっそのこと、信頼のおける貴族の元へ養子に出し、アルノーは爵位を返上した方がいいのでは。自分一人であれば、何とか生きていけるだろう。

ミヒャエルが、ずずず、と大きく洟《はな》をすすった。ポケットからハンカチを取り出し、アルノーはミヒャエルの洟を拭ってやる。

「ミヒャエル……」

ミヒャエルの背中に添えた右手が温かかった。アルノーの手のひら一つで隠してしまえそうなほど小さな背中だった。

こんなにも幼い子が喚《わめ》きもせずに悲しみに耐えているというのに、なんて情けないことを考えていたのだろう。

「ミヒャエル、もう帰ろう」

「はい、ちちうえ」

涙と鼻水でぐちゃぐちゃの顔で、ミヒャエルがきちんと返事をした。

アルノーはミヒャエルを抱き上げ、ゆっくりと墓地を後にした。

グラシエラの侍女たちのほとんどはジーンタイル王国では暇を出されて実家に戻っていたので、皆無事であった。しかし、国内はかなり混乱している。こちらの国へ移住したい侍女たちには、他の貴族の屋敷への紹介状を書いてやった。皆、グラシエラの死と自国の消滅に悲しんでいたが、生活もある。礼を言って去って行った。

グラシエラと常に共にあった侍女頭が、二人の侍女を連れて侯爵家を訪問してきた。紹介状はいらない、屋敷に残した荷物を引き取りたい。確かにそう言っていた。やけにおどおどした二人の侍女、そして暗くよどんだ瞳をした侍女頭。時折ジーンタイル王国語でぶつぶつとつぶやいている様子は明らかにおかしかったけれど、大切な主を亡くしたのだ、不思議ではないだろう。アルノーはそう思い、三人が屋敷に入ることを許可した。

三人が事件を起こしたのは、アルノーが出仕してすぐの頃だった。

持ち出す荷物を入れると言っていた大きな袋に、彼女たちはミヒャエルを入れ、屋敷を出ようとしたのだ。

ミヒャエルの部屋から聞こえる泣き声、暴れる音。家令を始めとする使用人が駆け付け、犯行はすぐに見つかった。部屋を出ることすらできないほどのずさんな計画だった。

「ミヒャエル様はジーンタイル王家の血を継ぐ唯一の方なのです！　ミヒャエル様を王に、王国を取り戻すのです！」

取り押さえられた侍女頭はそう叫んでいたらしい。ウルリヒの寄こした兵に引き渡された三人は王城の牢《ろう》へ入れられた。貴族の子息を誘拐しようとした罪は重い。

あれ以来、ミヒャエルはすっかり引きこもってしまった。袋に入れられたのがよっぽど怖かったのだろう。眠る時でさえ、部屋を明るくしたままでいる。

屋敷の使用人全員の素性は改めて調査した。ウルリヒとライナーの伝手で、元騎士、元兵士の侍女を三人加えた。彼女たちのうちの最低でも一人は常にミヒャエルに付き添うようにしている。仲良くやっているようではあるが、やはり広い屋敷はひっそりと静まり返ったままだった。

アルノーはできる限り定時で帰宅するようになった。それでも、晩餐の時間に間に合わないことがほとんどだ。日中に王城を出る機会があれば、時間を見繕って屋敷の様子を見に戻るようにした。

「ちちうえ、お昼ごはん食べた？」

「すまない。お前の顔を見に来ただけだ。すぐに仕事だから、一緒には食べてやれないんだ」

「そっか」

自室でぬいぐるみと遊んでいたミヒャエルが寂し気に笑う。

「へえ。だから、毎朝、朝食だけはミヒャエルと一緒に食べることにしたんだって？　アルノー」

ウルリヒのからかうような声に、アルノーは片眉を上げた。

ウルリヒの執務室には、限られた者しかしない。

「意外にきちんと父親していて感心だ。ほんと意外だけど」

一向に受け取ってもらえない書類を強引に机に置くと、アルノーは「では」と言って踵を返す。

「待って待って。冗談だって。それで、ミヒャエルは少しは外に出られるようになったのか？」

上着の裾を摑まれたアルノーは、しぶしぶ振り返った。

「ほとんどの時間を自室で過ごしています。朝食以外は部屋で取っていると。ただ、最近は私が声をかければ一緒に庭に出るようにはなりましたが……常に私が側にいることを確認して、離れることはありません」

「ふーん……。そこで、アルノー。提案なんだが」

「お断りします」

再び帰ろうとするアルノーの上着をウルリヒはがっちりと摑んだ。

「お前、結婚しろ。アルノー」

「やっぱり！　そろそろ言い出すと思ってたんですよ！　何なんですか、あなたは。結婚斡旋が趣味なのか」

「失礼な。心優しい王太子が臣下の心配をしているだけだ」

「もう結婚はこりごりです。私はもうずっと独身でいい。そもそも、私と結婚したいなんて人いないでしょう」

「そんなことないだろ。性格はかなり難があるが、見目、身分、職業で十分すぎるほどカバーできている」

ウルリヒの手から上着をひったくったアルノーが、襟を直す。側に控えるウルリヒの侍従たちも壁に控える護衛たちも、何も聞いていません、といった様子で微動だにせずに突っ立ったままだ。

「世間での私の評判くらい耳に届いているでしょう」

「知らんなあ」

「近寄った者が次々と死んでいく不吉な侯爵。家督を継ぐために婚約者を捨て、家族を葬った冷徹で狡猾《こうかつ》な侯爵。どこの誰が嫁ぎたいと思うのです」

これにはさすがに侍従たちもそっと目を逸らした。真偽は別として、こういった噂が流れているのは事実なのだ。

行儀悪く机の上で足を組んだウルリヒが椅子にふんぞり返って笑う。

「それが、いるんだよ。アルノー。俺に任せとけ」

「やっぱり斡旋《あっせん》が趣味なんですね」

「俺がおせっかいみたいな言い方するなよ。話はとっくに進んでいるんだ」

「は!?」

「陛下も次期宰相の後ろ盾がないことを危惧していてな。悪いが勝手にあちらに打診はさせてもらった。それで、すでに承諾の返事はもらってるんだよ」

「なんでそんな勝手なことを」

「だって、期待を持たせておいて、断られたらアルノーがかわいそうじゃないか」

机から足を下ろし、ウルリヒは机の引き出しから厚紙を取り出す。その見覚えのある装丁は、どうみても経歴書である。見合い相手の姿絵などが載っている、アレである。

「王家から私のような者を押し付けられる方がよっぽどかわいそうじゃないですか」

「そんなことないさ。お相手は、ほら、赤毛の可愛らしいお嬢さんだ。ちょっと適齢期はすぎているが、健康で健全だ。本人も、家柄も」

ウルリヒがひらひらと振る経歴書には、朗らかに微笑む赤毛の令嬢の姿絵と、アンネリーエ・バーナーという名前が見えた。はて、どこかで見た覚えのある名前のような気がするが。

経歴書を見たまま考え込むアルノーを見て、興味を持ったと勘違いしたウルリヒが意気揚々《ようよう》と語り出す。

「グラシエラ夫人の帰国を勧めたことは、我が王家も深く責任を感じているんだ。混乱していたジーンタイル王国を立て直すきっかけになれば、と、こちらの勝手な思惑もなかったわけではない。そのお詫びというだけではないんだ。ミヒャエルのためでもある」

いつの間にか経歴書から顔を上げていたアルノーがじっとウルリヒを睨む。それに臆《おく》することなくウルリヒはきりりと眉を上げて睨み返した。

「あの侍女頭のようにミヒャエルを旧王家復興の象徴にしようとする輩《やから》はこれからも湧いてくるだ

ろう。お前だって四六時中あの子と一緒にいるわけにはいかない。もし貴族が誘拐に関わっていたとしたら、使用人だけでは対応しきれない。しかし、そこに侯爵夫人の指示があれば、彼らは動くことができる。実際には指示なんてなくたっていい。そんなもの後からいくらでもあったことにできるんだ、侯爵夫人という存在さえあればね」

アルノーがもう一度ちらりと経歴書に目を落とした。黙ったままのアルノーに、ウルリヒは言葉を続ける。

「俺だって守りたいんだよ。ミヒャエルはクルトの大切な一人息子なんだ」

ウルリヒは机に頬杖をついたまま、目を伏せた。ウルリヒと兄クルトは同級生だ。気軽に家に遊びに来るほどの仲だったのだ。アルノーは心から感謝した。あの子のことを心配してくれる人間がいることに。そして、これほど頼りになる友人を持っていた兄に。

「ああ、思い出しました」

アルノーがゆっくりと顔を上げた。

「婚約破棄されたご令嬢ですね。確かヒンターマイヤー伯爵家の息子に」

「なんだ、そっちのことか。そう、最近は政略結婚をほいほいと軽く破棄する若者が増えてきて、俺はこの国の将来が不安だよ」

その後もウルリヒはごちゃごちゃと言っていたが、アルノーは適当に相槌を打って部屋を出た。

バーナー伯爵家の娘か。元々裕福な家ではあったが、商売はうまく行っていて最近さらに財を増やしたと聞く。で、あれば特に侯爵家との繋がりがほしいというわけでもないだろう。王家からの打診だ。断ることなどできるはずがない。ここはアルノーから断ってやらなければかわいそうだ。

バーナー伯爵家には、事前に訪問の先触れを出してある。アルノーはめずらしく午後からの半休を申請し、屋敷へ戻った。婚約の打診を断るにしたって侯爵家の事情に巻き込んでしまったのだ。まずは謝罪も必要だろう。それなりの正装が必要だった。

「面倒だが仕方がない。全くなんで私が王太子殿下のおせっかいの尻拭いを……」

「ちちうえ！」

階段の上からひょっこりとミヒャエルが姿をあらわした。きっと、アルノーの愚痴交じりの独り言が聞こえたのだろう。

「どうしたの？　おしごとは？　終わり？」

「あ、ああ。今日はこの後用事があって」

「おしごと終わりなの？　遊ぶ？」

後ろにいたユッタが困り顔でミヒャエルの手を握る。

「旦那様はご用事があるようです。私たちと遊びましょう」

きゅっと口を閉じたミヒャエルが、階段を上り終えたアルノーを見上げた。アルノーはその赤く澄んだ瞳をじっと見下ろした。

「一緒に行くか？　ミヒャエル」

「いいの？」

「ああ。よそのお屋敷にお邪魔するんだ。おとなしくしていられるか？」

「はい！」

「ミヒャエルに外出の支度をさせてやってくれ」

ユッタが困惑気味に頷いた。すぐに家令が近寄って来る。

「伯爵家にお連れになるのですか？」

「ああ。ただでさえ評判の悪い侯爵に、こんな大きな子供までいると知ったら、向こうも喜んで婚約など蹴ってくるだろう」

「そ、そうでしょうか。ミヒャエル様は可愛らしいので逆に……」

家令の話の途中でアルノーは歩き出した。クラバットを外し、家令に手渡す。あわてて手を伸ばして受け取った家令は、黙ってその後を追いかけた。


バーナー伯爵家までは少し距離がある。ミヒャエルの気分転換のために、途中の大きな公園で休息を取る事にした。日陰でおやつを食べて満腹になったミヒャエルは、そわそわと周りを見回した。

公園はこの辺りでは一番の広さで、天気も良い今日はたくさんの子供連れの家族たちがピクニックを楽しんでいた。あちらこちらから子供たちのはしゃぐ声が聞こえてくる。

久しぶりの外出に高揚したのか、ミヒャエルがボールを手に立ち上がった。

「ボールで遊びたい。あのね、あっちの方に大きなひろばがあるの。あっちで遊びたい」

アルノーはきょとんと瞬いた。そうか、ミヒャエルはこの公園に来たことがあるのか。きっと、兄か義姉と一緒に。

「あっちでね、サッカーしたい」

ニコラがすぐに立ち上がったのを見て、ミヒャエルが嬉しそうに駆け出した。

「あっ、お待ちください。ミヒャエル様。手をつなぎますよ」

ニコラの伸ばした手が空を切る。すぐ後ろにニコラが付いて来ていると信じているミヒャエルは、ボールを抱えたままどんどん走ってゆく。

「ミヒャエル！　待ちなさい！　止まるんだ」

アルノーの声は届かなかったらしい。ミヒャエルが走り回る小さな子供たちの間を器用に走り抜けて行った。そして、区切り代わりの生け垣の下をくぐって向こうに行ってしまう。

「ミヒャエル！」

子供がくぐるには十分な隙間であっても、大人には無理である。あっという間にミヒャエルの姿が見えなくなってしまった。

「追いかけろ！　早く！　あの子を一人にするな！」

クリスタとユッタが助走をつけて生け垣を飛び越えた。アルノーは生け垣に手を突っ込み、無理やり突破しようとした。その手を、護衛の兵士が止める。

「旦那様。そんなことをするよりも、生け垣の迷路を抜けた方が早いです。こちらです」

護衛の声に少しだけ冷静になったアルノーは、すぐに護衛の後に続いた。

生け垣を抜け、かなり遅れてクリスタたちに追いつくと、彼女たちは呆然と立ち尽くしていた。

何があったのか、と息を切らしたアルノーが目を凝《こ》らすと、そこには楽しそうに笑うミヒャエルの姿があった。

「あははは！　アンネさまー！　いくよー！」

「ミヒャエルくーん、上手でーす。そーれ」

元気よく返事をした赤毛のご令嬢、アンネリーエ・バーナーは、スカートを持ち上げて高く飛び上がった。ミヒャエルが高く蹴り上げてしまったボールを、空中で見事蹴り返す。その完璧な体勢は逆光を浴びてとても美しかった。

ミヒャエルが笑い声を上げながらボールを追いかけてゆく。銀色の髪が陽にキラキラと輝き、青白かった頬がどんどん朱色に染まっていった。その笑顔は兄にも義姉にも、どちらにも似ていて、アルノーは瞬きも忘れてただただ懐かしい気持ちで見入っていた。

アルノーが呆然としているうちに、ミヒャエルの投げ返したボールがアンネリーエの顔面を直撃した。目を回していたアンネリーエは、侍女たちの馬車に乗せた。三人の侍女たちが必死で介抱していたので、アルノーはミヒャエルと二人で別の馬車に乗り、急ぎバーナー伯爵家に向かった。

女性の顔面にボールをぶつけてしまったミヒャエルは、うつむいたままどんよりと落ち込んでいる。そのまま座席に埋もれていってしまいそうなほどだった。アルノーはその丸い頭を優しく撫でてやった。

「ミヒャエル。楽しかったか？」

「はい。でも、アンネさま、たおれちゃった」

「それは、一緒に謝ろうな」

ミヒャエルは素直にこくりと頷いた。膝の上に載せたボールに手を置いて、床をじっと見つめている。

「ミヒャエル」

「はい」

「アンネ様とまた遊びたいか？」

「うん。楽しかった」

「そうか」

顔を上げたミヒャエルが、にっこりと微笑む。顔が少し日焼けして赤くなっている。アルノーはわずかに目を細めた。

「アンネさま、だいじょうぶかな」

「跡が残らないといいのだが……。まあ、その時はそれも利用させてもらおう」

「ん？」

「こっちの話だ。また遊んでもらえるように、私からもお願いしておこう」

「はい。ありがとう、ちちうえ。僕、アンネさま、好き」

「そうか、ミヒャエル」

ミヒャエルがさらに嬉しそうに笑う。

アルノーは窓の外に視線を移した。とっくに公園は見えなくなっている。急がせているため、馬車はかなり揺れている。座席から落ちそうになったミヒャエルの背中に手を添えた。

この子を守るためだ。アンネリーエ嬢には申し訳ないが、婚約は受け入れてもらおう。

バーナー伯爵家まではもうすぐ。

Koshakuke no
itatte heiwa na
itsumo no
shokutaku

Episode 4

元婚約者たち

Koshakuke no itatte heiwa na itsumo no shokutaku

「旦那様。ご報告が」

仕事を終え帰宅して早々、家令が声をかけた。まだ玄関に入ったばかりだというのに。だが、家令の顔色は悪いし声も沈んでいる。よっぽどのことが起きたらしい。アルノーは眉をひそめ、小さく頷きそのまま早足で自室に向かった。すぐ後ろを家令がついて来る。

ドアがしっかりと閉まっているのを確認し、これ以上ないほどに肩を縮こめた家令が顔を上げた。

アルノーは手早くクラバットを外すと、ソファの背にぽいと放り投げる。

「で、アンネリーエが何をした」

クラバットに手を伸ばしていた家令がびくりと肩を震わせた。

「本日、エーレンベルク公爵夫人が屋敷にいらっしゃいました」

「ほう、エーレンベルク公爵夫人。それが何か……エーレンベルク公爵、夫人？」

「はい。夫人です」

「デボラが!?」

「はい。間違いなく、デボラ様でございました」

愕然と目を見開いたアルノーと身を縮こめている家令がしばし見つめ合う。

デボラは、アルノーの元婚約者だ。寡婦となったグラシエラとミヒャエルを守るためだったとはいいえ、一方的に婚約解消という不義理をはたらいたのだ。ゼーバルト侯爵家を快く思ってはいないだろう。

「な、何しに……？」

「奥様を訪ねていらっしゃいました。一階の応接室で奥様としばらくの間、ご歓談されていました」

「まさか、例の公爵家の食事会で仲良くなった年上のお友達というのは」

「ええ、デボラ様のことだったようで……」

クラバットを手早く畳んだ家令がそっと目を逸らした。

「食事会でお友達になったご夫人が訪問されるとは聞いていたのですが、まさかデボラ様だとは私どもも思いませんで……。アンネリーエ様は名前を覚えておらず、とにかく仲良くなったご夫人が今日の昼過ぎに遊びに来るとだけおっしゃっていましたので。お迎えしましたら、デボラ様だった次第でございます」

家令が額に汗を掻きつつ深々と頭を下げた。アルノーは額に手をあて天井を見上げた。

別に彼が悪いわけではない。仲良くなったというのに名前も覚えていないアンネリーエが悪い。せめて家名くらいは覚えておくべきではないか。相手は国内でも数少ない公爵家だぞ。

「いや、いい。お前は何も悪くない。それで、二人は何の話を」

「いえ、特に……と、言いますか……アルノー様の話が八割くらいで」

「私の話？　まあ、二人の共通点は私であろうから、そうかもしれないが」

「けして悪口ではありません。室内に控えていたのはユッタだったのですが、彼女に聞いたところ、とても和やかに会話が弾み、また来週もデボラ様は我が家を訪問される約束をしていたと」

家令の言葉に、アルノーが眉間のしわを深くする。

元婚約者と現在の妻。そういった関係であっても、ご婦人というのは仲良くなれるものなのだろうか。他人の気持ち、ましてや女性の考えることなど朴念仁のアルノーには想像もつかない。しかし、デボラはともかく、アンネリーエならありうる話かもしれない。

気付けばアルノーと家令は向かい合ってあごに手をあて、ううん、と唸りながらしばらくの間考え込んでいたのだった。


デボラ・エーレンベルク公爵夫人がゼーバルト侯爵家を訪れたのは、曇り空の昼過ぎのことであった。

アンネリーエの友人が初めて屋敷を訪ねて来ると聞き、使用人たちは張り切って出迎えの準備をしていた。だがしかし、門をくぐって入って来た馬車の家紋を見て固まった。

「あれは……エーレンベルク公爵家の馬車では……？」

家令が思わずつぶやく。いつもの穏やかな表情のままであったが、わずかに声が震えていた。

ミヒャエルを抱き上げていたアンネリーエが、あっ、と声を上げる。

「そうそう、エーレンベルク公爵家のデボラ様です。良かったわ、お迎えする前に名前を思い出すことができて」

「デボラ様と、仲良くなられたのですか？」

「ええ。お食事会の時にあまり知り合いのいない私にあちらから声をかけてくださったの。そうしたら、先日の王家の夜会でばったりお会いして。今度遊びに来たいって言ってたから、どうぞどうぞーって言ったんです」

「アルノー……旦那様は、その時何もおっしゃらなかったのですか」

「ばったり会ったのはお手洗いだったから、アルノー様はいなかったのよ。私にお話ししたいことがあるんですって」

「話したいこと、でございますか……」

アンネリーエの腕の中で、ミヒャエルが浮かない顔をした家令を見上げている。

馬車から降りて来たデボラは、黒と灰色を基調としたドレスを着ていた。頭には黒い帽子が載っていて、そこから顔を隠すように黒く短いベールが垂れ下がっている。

そういえば、お食事会でも夜会でも、デボラ様は黒い服装をなさっていたわね。アンネリーエはぼんやりと思い出した。

ゆるく波打つ濃紺の髪と黒い瞳に、シックな装いがよく似合っていたので気にも留めなかった。

「ご機嫌よう。快くご招待いただいたこと感謝いたしますわ」

デボラが品よくスカートを持ち上げて礼をする。こうして並んでみたら、デボラはアンネリーエよりも少し背が高かった。

「デボラ様、お待ちしておりました。さあ、どうぞ」

アンネリーエがそう言うと、デボラは微笑み頷いた。そして、少しかがむと、アンネリーエの腕の中にいるミヒャエルと目線を合わせた。

「お久しぶりね、ミヒャエル様。私のこと、覚えてるかしら？」

後ろで並んで立っていた家令や侍女たちが静かに息を呑む。

ミヒャエルはアンネリーエの肩に頭を乗せたまま、目だけでデボラを見上げた。

「ミヒャエル様、ご挨拶なさいな。お食事会でお会いしたデボラ様ですよ。……ごめんなさい、昼食の後はいつもお昼寝してるので、眠くてむずがってるんです」

「まあ、可愛らしい。私のことは気にせず、寝かせてあげてください」

「ありがとうございます」

アンネリーエはニコラにミヒャエルを預け、ゆっくりと歩き出した。

「どうぞ、こちらです」

アンネリーエが手を伸ばした方向へ、デボラは慣れた様子でスタスタと歩いてゆく。そして、たまに懐かしそうに壁の装飾を見上げたりしていた。

二人が応接室のソファに腰掛けると、すぐにユッタが紅茶と茶菓子をテーブルに並べた。デボラはその様子をじっと眺めた後、ドアの横に控えていた家令に視線を移す。

「お久しぶりね。お元気そうで何より」

デボラはそう言い、ニコリと口の端を上げた。家令が深々と頭を下げる。

「ありがとうございます。その節は、大変、いろいろと……」

「勤めている方たちも随分と少なくなったようね。知らない子も増えてる」

「はい。使用人を入れ替え、当時に比べればかなり数を減らしました。ご存知の通り、事情がございましたので。その節にはお悔やみやお見舞いを頂戴いたしまして、ありがとうございました」

「いいのよ。あなたもご苦労だったわね」

「もったいないお言葉でございます」

ずずず、と紅茶をすすりながら、アンネリーエは二人の会話に耳を傾けていた。どうやら二人は古い知り合いのご様子。少なくとも、ユッタが勤める前からデボラは屋敷に出入りしていたようだ。

「もしかしてなのですが、アンネリーエ様。私のことご存じない、のかしら」

黙ったままでいるアンネリーエの様子に、デボラが困惑気味に眉をひそめて言った。

「デボラ様ではありませんでしたか？」

「ええ、デボラです。デボラ・エーレンベルク、それは間違いないのですが、結婚前はデボラ・ヒルトマンでした。ヒルトマン侯爵家の娘です」

「そうでしたか」

どこかピンとこない表情でアンネリーエがニコニコと微笑む。これには、デボラどころか家令を始めユッタたちまで戸惑いを見せた。

「アンネリーエ様。ご存じなかったのなら、ごめんなさい。私、以前アルノー様と婚約していたことがあるのです」

「まあ！　いつのお話でしょうか」

心底驚いた表情を見せるアンネリーエに、デボラが目を見開いた。そして、一度口を開いたものの、ゆっくりと閉じる。あごに右手の人差し指を添え、しばし考え込んだ後、くすっと笑った。

その笑みの意味が分からず、アンネリーエが軽く首を傾げた。デボラがあわてて小さく手を振る。

「ごめんなさい、変な意味はないの。……やっぱりご存じなかったのね。アルノー様からは私のことは何も聞いてらっしゃらないのね」

「そうですわねぇ。……と言うか、ごめんなさい。アルノー様にはお友達が遊びに来ます、としか伝えてないのです」

一度は濁したものの、アンネリーエは素直に白状した。

だって、名前を思い出したのはつい先ほどのことだったし。そう思ったアンネリーエはふと考え込んだ。

あら。じゃあ、そういった縁でお食事会で話しかけてくださったのかしら。私に話したいことがあるっておっしゃってたけれど、アルノー様か侯爵家に関することよね、きっと。お友達になったつもりだったのは、私だけだったのね。

名前を覚えていなかったことを棚に上げて、アンネリーエは少しだけがっかりした。

「私がアルノー様と婚約したのは、ずうっと前。ミヒャエル様が生まれた頃のことですわ。クルト様がお亡くなりになられて、アルノー様が侯爵家を継承することになり婚約は解消しました。残念ですけど、ご縁がなかったのです」

「ああ、そういえばそんなことがあったそうですわね。すみません、私そういったお話に疎くて。アルノー様との婚約の打診を受けた時にちらっとそういった事情を伺っただけでしたのですっかり忘れてしまっていました」

忘れていた、と、あっけらかんと話すアンネリーエに、デボラが思わず笑い出す。家令もユッタも無表情をつらぬいているけれど、内心は頭を抱えていた。

「そうでしたか。では、我が物顔で屋敷を闊歩《かっぽ》する私の態度は大変不躾《ぶしつけ》でしたわね。ごめんなさい。そんなつもりはなかったのです」

「いいえ。そんなことちっとも思ってませんわ」

アンネリーエは微笑んだ。

「本当にちっとも思ってもいなそうなお顔ですわね」

「ええ、思っていませんので」

「ふふ。どちらかと言うと、そんなことどうでもいい、って感じね」

デボラの言葉に今度はアンネリーエが笑い出す。

「うふふ、実はそうなのです」

二人は声を上げて笑った。デボラが紅茶を一口飲み、落ち着いたところで口を開く。

「アルノー様との婚約は家同士が決めたもので、別にお互いに気持ちがあったわけではありませんわ。嫌っていたわけではないけれど、ご縁が無くなった時点でそれ以上になることはありませんでした。だから、今さら小姑のように侯爵家の事に口を挟んだり、復縁を迫ったりするつもりはございません。安心なさって」

デボラは一気にそう言うと、ちらりと壁際にいた家令とユッタに目配せをした。

「最初に笑ってしまったのは、嬉しかったからなの」

デボラはポンと手を叩き、熱のこもった視線をアンネリーエに向けた。

「だって、純粋に私をお友達だと思って家に招いてくださったのでしょう？」

デボラは嬉しそうに笑っている。陶器の人形のように青白かった頬は少しだけ赤みが差していた。

アンネリーエは先ほどの落胆が杞憂であったことに安堵《あんど》した。

「ええ、もちろんお友達だと思ってますわ。今も」

あなたはお友達です、なんて面と向かって言うことはあまりない。アンネリーエとデボラは何となく気恥ずかしくなって見つめ合ったまま照れ笑いした。

お見合いのような雰囲気の二人に安心したのか、家令が音も無くそっと部屋を出て行った。アルノーの代わりに屋敷を取り仕切っている彼は忙しい。この後、ミヒャエルの様子もきっと見に行ってくれていることだろう。

しばらくの間は、食事会や先日の夜会の思い出話で盛り上がった。品が良く落ち着いたデボラとのんびりとしたアンネリーエは相性がいいらしい。ユッタが二杯目の紅茶を淹れたところで、デボラが話を切り出した。

「実は、アンネリーエ様にお伺いしたいことがあるのです」

そうだった。話したいことがあると言われていたのだった。すっかり忘れておしゃべりに花を咲かせていたアンネリーエがあわてて居住まいを正した。

「夜会でのアンネリーエ様とアルノー様を拝見いたしまして……、思いましたの。アルノー様はずいぶんと変わられたって」

アンネリーエがきょとんとした。その表情を見て、デボラがきゅっと口を閉じる。

「私と婚約していた時は、あんなに表情豊かではありませんでした。そもそも、あんなにしゃべっているのを見たのは初めてです。月に一度、どちらかの家で顔を合わせてお茶を飲む程度でしたけど、私の質問に簡潔にこたえるか、一言相槌を打つくらいでしたわ。それが、あのアルノー様が……」

デボラは夜会でのアルノーの姿を思い出しているのか、こめかみに手をあてて天井を見上げている。つられてアンネリーエも天井を見上げた。

「そういえば、結婚した当初のアルノー様はそんな感じでしたわね」

「まあ。では、一体いつから？　何をきっかけに？」

身を乗り出して尋ねるデボラに、アンネリーエは軽くのけぞって驚いてしまった。あわててデボラが姿勢を正す。

「失礼いたしました。その、けしてアルノー様のことが気になっているわけではございませんわ。その、私、私も……」

デボラはそこまで言って、言葉を切った。そして、すうっと鼻から大きく息を吸って、吐いて、言った。

「私も、アンネリーエ様のように夫と仲良くなりたいのです！」

ぱち。……ぱち。アンネリーエがたっぷりと時間をかけて瞬いた。デボラはアンネリーエの視線から逃げるように体を斜めにして座り直し、膝の上の手を見つめながら話した。

「私と夫は年が離れていまして。……お互い王家からの打診で婚約し、結婚いたしました。夫はとても穏やかで優しいのですが、まだ他人行儀と言いますか、よそよそしいと言いますか……。もう三年経つというのに、未だ出会ったばかりのような緊張感のままで、その」

そう言いよどんだデボラは、膝の上で袖口の黒いレースをもじもじと引っ張っている。よく見れば、レースの手の甲の方には小さな灰色のリボンが付いている。リボンはつやつやと光沢があって、品のある可愛らしさだった。

それをじっと見つめているアンネリーエに気付き、デボラが顔を上げた。

「ああ、これ。夫の祖母が亡くなりまして、我が家は喪中ですの。こういう場合、我が公爵家は一年間は喪に服して黒い服を着るという慣例があるんです。あと三か月はこういった服装で過ごさなければならないのです」

「まあ。私、喪服は葬儀の時にしか着たことありませんわ」

「一般的にはそうだと思いますわ。正直言って最初は私も驚きました」

「一年は長いですわねぇ。よく考えてみたら、葬儀なんて子供の頃に一度出たことがある程度でしたわ。私の実家も親戚も皆とっても元気な人ばかりで」

「……何となく、分かるような気がしますわ」

デボラがそう言って、困ったような顔で笑った。アンネリーエは頬に手をあてて、考え込む仕草を見せた。

「うーん、アルノー様がよくしゃべるようになったきっかけ、ですか。何かしら。見当もつかないわねえ」

「最初はあまりお話しにならなかったのでしょう？　きっと、いえ、必ずきっかけがあると思いますわ。どんな小さなことでもいいのです。どうか教えてくださいまし」

「ううーん。きっかけ、きっかけ」

考え込むアンネリーエを、すがるような瞳でデボラが見つめていた。

アンネリーエは天井を見上げた。目を瞑って、開けて、眇めて。そのままこてんと首を傾げた。

壁際で黙っていたユッタがいつの間にか音もなくアンネリーエの背後に立っている。

「奥様、サラダではございませんか。サ、ラ、ダ」

「ああ、サラダ」

ユッタに耳元でささやかれ、アンネリーエはポンと手を打った。

「サラダですわ、デボラ様」

「サラダ？」

「アルノー様の好物を作ってお出ししたのです。結果から言いますと、アルノー様の好物はサラダではなかったのですけれど、あれをきっかけにアルノー様は確かによくしゃべるようになりましたわね。特に、ご自分の希望を的確に伝えてくださるようになりました」

デボラが祈るように組んだ両手を胸に押し付け、何度も頷いている。

「なるほど、夫の好物を手作りしてお出しする。確かに、それは話も弾みそうですし、何よりも喜んでいただけそうですわ……！」

「今でも庭でお野菜を作って、毎朝収穫したものをお出ししているんです。アルノー様もよく食べてくれますし、私も新鮮でおいしいお野菜を食べられて一石二鳥ですわよ」

「まあ、ご自分でお野菜を育てていらっしゃいますの？　すごいわ！」

「とっても楽しいですよ。大切に育てていると愛着が湧いてきてしまって、食べるのが可愛そうになってしまうのが難点ですけど。どんどん育つアスパラガスが可愛くなってしまって、数本は別のところに植え替えてそのまま育てているのですよ。今は私の腰くらいまでの木になってますわ」

アンネリーエの話に、デボラがぽかんと口を開けて驚いた。

「アスパラガスって木になるのですか？」

「ええ、にょきにょき伸びて、放っておくとふさふさした枝がたくさん生えてくるんです。お帰りの時にお庭に寄ってどうぞ見て行ってください」

「ええ、是非！」

デボラがぱちんと手を叩いて喜んだ。アンネリーエは紅茶にそっと口をつけてのどを潤した。話が弾んでしまって、せっかく淹れてもらった紅茶が冷めてしまっている。

「ご主人のお好きな食べ物は何ですか？　私に知識があれば産地などのご紹介もできると思います」

アンネリーエの提案に、デボラがハッとして口を閉じた。そして、不安そうに瞳を揺らす。

「そういえば、主人の好物なんて知りませんわ。食卓に出されたものは全て手を付けていて……好物も、嫌いな物も、知りません……」

手で口元を隠したデボラが、がっくりとソファに沈んだ。

出仕の支度を終えたアルノーは、玄関で自分の背後に立つアンネリーエの様子を窺《うかが》った。彼女はいつも通り朗らかな笑みを浮かべて自分を見つめている。

デボラ訪問のことを詳しく聞きたいが、アンネリーエの横にはミヒャエルもいた。ドアの向こうにはライナーも待っている。元婚約者の話などこんなところでするべきではない。

昨夜《ゆうべ》は帰りが遅かったため、家令と話した後に寝室を覗いたらアンネリーエはとっくに一人で眠っていた。今朝は今朝で、朝食の場にはミヒャエルもいるし、使用人たちもうろうろとしている。結局アンネリーエとは話せずじまいだった。

わざわざ別室に連れて行くのもおかしいし、そんな時間もない。アルノーは小さくため息を吐いてから、アンネリーエを振り返った。

「今日はなるべく早く帰る」

「そうですか。では、お帰りお待ちしてますわね。行ってらっしゃいませ、アルノー様」

「ちちうえー、いってらっしゃーい！」

手を振るミヒャエルに頷き返し、アルノーは玄関を出た。


約束通り、アルノーはいつもよりも早めに帰宅した。このために王城の廊下は風を切って歩いたし、執務室に遊びに来た王太子を捕まえて仕事を手伝わせた。そもそもあれは王太子自身がやるべき仕事がアルノーの元へ回ってきていたのだから問題ない。

「アルノー様、お帰りなさいませ。鞄を持ちますわよ」

「いや、重いからいい」

「大丈夫ですよ。毎日ミヒャエル様を抱っこしていますから、腕力には自信があります。鞄を持っていたら上着を脱ぎにくいでしょう」

アンネリーエはそう言ってアルノーの手から鞄をひったくる。ミヒャエルはもう寝ているらしい。話をするなら今夜がチャンスだ。

部屋に入り、上着をハンガーに掛けながらアルノーはアンネリーエを横目で見た。彼女はアルノーの鞄をサイドテーブルの上に置いている。機嫌は良さそうだ。いや、機嫌が悪かったことなど今まで一度もない。大丈夫か？　本当に今がチャンスなのか。

アルノーはおそるおそる口を開いた。

「アンネリーエ。その、昨日、あー、コホン。エーレンベルク公爵夫人がいらしたそうだが」

「ええ、デボラ様です。いらっしゃいました」

「知っているとは思うが、彼女は私の元婚約者で、いや、かなり昔の話ではあるのだが」

「はい。存じております。デボラ様から伺いましたわ」

「デボラから？」

「はい」

「知らなかったのか？」

「ええ」

くるりと真正面から向き合ったアルノーを、アンネリーエはにこにこと見上げている。その全く気後れする様子のなさに、アルノーが少しだけ気落ちした。

「まあ、君にとって私のことなどそれほど興味はないだろうが……」

アルノーのめずらしい表情に驚いたアンネリーエが頰に手をあて、口を開いた。

「ごめんなさい。婚約の打診の時にいただいた経歴書に書いてあったような気がしますわ。そんなことよりも、もっと気になることがあってそれどころじゃなかったものですから」

「確かに、我が家は次々と人が死ぬ不吉な侯爵家と言われていたしな……」

「いえ、そこじゃなく」

「そこじゃなく?」

「私に次期宰相である侯爵様の妻なんて務まるのかしら、と、それどころじゃなかったものですから」

「そ、そういうものなのか」

確かにアンネリーエは学校を卒業したと同時に婚約破棄されたせいで、社交界にはほとんど出ていない。通常であれば、夫が宰相で侯爵であったら、率先して社交に励むものであろう。義姉であるグラシエラだって、異国の言葉に慣れない中で頑張っていたようだった。だが、しかし。夫の元婚約者の名前くらいは知っておくべき、いや、気になるものなのではないだろうか。

うーん、と考え込むアルノーを見上げていたアンネリーエがにこりと微笑む。

「でも、アルノー様は最初の顔合わせの時に、社交しなくていいって言ってくださいました。それを聞いて、私、ホッとしましたの。アルノー様ってとってもお優しい方だなって思いまして、結婚することにしたのです」

「は、……え？　あ、ああ、そうか。……そうなのか？」

あれは、ミヒャエルのためだけの結婚である、つまり「妻は必要ない、余計なことはするな」というとても失礼な言い回しであったのだが、彼女にとってはそうではなかったらしい。今さら知った事実に軽く衝撃を受けたアルノーは一度は頷いたものの、やはり何度も首を傾げた。

「まあ、それで君と結婚できたのだから結果的には良かったのか……？」

「お腹空いてるでしょう。食事の準備をするように言ってまいりますね」

「ちょ、ちょっと、待て。アンネリーエ」

ぶつぶつとつぶやいていたアルノーは、部屋を出て行こうとするアンネリーエをあわてて引き止めた。

「それで、エーレンベルク公爵夫人とはいったいどんな話をしたんだ」

「ええと、お食事会と夜会での思い出話と、その他いろいろと日常の話ですわ」

「彼女から話があると言われたんだろう。何の話だったんだ」

詰め寄るアルノー。怪訝な表情のアンネリーエ。二人の視線が交差する。

「女性同士の会話を根掘り葉掘り」

「ちち違うっ、これは興味本位ではなく、つまり、君が彼女に不快な思いをさせられていないかの確認だ」

「不快？」

きょとんとアンネリーエは瞬いた。さすがに察しの悪いアンネリーエでもやっと理解した。初めに謝っていたデボラと気まずそうにしていた家令たちの姿を思い出す。そして、目の前のアルノー。皆、アンネリーエを気遣ってくれている。アンネリーエは思わずぽやぽやと頬が緩んだ。

「何を笑っている」

「アルノー様はやっぱりお優しいですね。デボラ様とは終始楽しくお話ししましたので、ご安心ください」

「そうなのか……。それは、良かった。が、今後何かあったらすぐに言うように。小さなことであってもだ、必ず」

自分の瞳を覗き込み、真剣な表情でそう言うアルノーの顔をみていたら、その優しさにアンネリーエはついつい口が軽くなってしまった。

「デボラ様は夫婦円満の秘訣を聞きに来たんですって。ですから、普段の我が家の話をしただけですわよ」

「夫婦円満。うちは円満なのか……？　そうか、まあ、そうだろうな。ふむ。君もそう思ってくれているのなら、それは良かった。……って、待て。普段の我が家の話って、何を言ったんだ」

アルノーが満足そうに頷いていたと思ったら、急に焦り出した。デボラの言う通り、アルノーは本当に表情豊かになった、とアンネリーエは目を細めて微笑む。

「アルノー様の好物を作りました、とお話ししました。すぐにやってみる、とおっしゃってましたし、さっそく今日速達でお手紙が届きました。明日またいらっしゃるみたい」

「明日？　また？　待て待て待て。やってみる、とはどういう意味だ。まさか彼女まで野菜を育てたりするんじゃ……」

もしそんなことになったら、エーレンベルク公爵から恨まれてしまう。今からなら間に合う、やめさせるんだ。アルノーはさっと青ざめた。

「まずはご主人の好物が何か尋ねてみる、とアスパラガスの木に誓いを立てて帰って行かれました。それほど難しいミッションではないと思うんですけど」

「あのボサボサのアスパラガス畑を見られたのか。まあ、それくらいはいいが」

アルノーは大きく息を吐いて、ソファに腰掛けた。ポン、と隣を叩くと、アンネリーエがそこにちょこんと座った。

「エーレンベルク公爵自身はしょっちゅう外国に行っていただけあって柔軟な方なのだが、あの公爵家は我が家と同じく建国当初からある由緒ある家柄だ。女性から当主に話しかけてはいけない、侍女や家令を通して会話するというしきたりの家も未だにある。多分、公爵家もそうなのだろう。うちとは比べものにならないくらい使用人の数も多いだろうから、二人きりになるということも少ないのだと思う。そういった中で個人的な、例えば好みの食べ物の話をするのも難しいのではないか」

アルノーの言葉に、アンネリーエは衝撃を受けた。エーレンベルク公爵家は亡くなった祖母のために一年も喪に服す家柄なのを思い出す。わいわいと賑やかな家庭で育ったアンネリーエには、想像もつかない話だった。

手で口元を押さえたまま黙ってしまったアンネリーエの肩に、アルノーはそっと手を置いた。

「仲良く話しているだけなら、まあ、いい。ただ、余計なことは極力言わないように」

アルノーの落ち着いた声にアンネリーエは頷いたものの、内心、余計なことって何かしら、と思っていた。


手紙に書いてあった通り、デボラが屋敷に到着したのは昼を少し過ぎたくらいの時間だった。

「遅くなってしまって申し訳ありません、アンネリーエ様」

慌ただしく応接室に駆け込んで来たデボラは、クリスタの淹れた紅茶を音も立てずに一気に飲み干した。すかさず二杯目が注がれる。

「いいえ。お時間ピッタリですわ、デボラ様」

「私が早くお会いしたかったのですわ。でも、今朝から伯母《おば》が、夫の伯母なんですけれどもね、祖母の一周忌のことで我が家に来ていまして。あれはだめ、これは良くない、と言うわりにはその代案を出さずにお菓子をむさぼり……いえ、失礼しました。さっそくなんですけれど、アンネリーエ様」

紅茶を飲んで落ち着いたらしいデボラがまっすぐにアンネリーエに膝を向け、身をかがめて話す。それにこたえるようにアンネリーエもまた、身をかがめて耳を澄ませた。

「主人に好きな食べ物を尋ねてみましたら、教えていただけました」

「まあ、それは良かったですわ。心配していましたのよ」

「ええ、なかなか話しかけるきっかけが摑めなくて戸惑いましたが、ここでめげては前に進めないと心の中で自分を叱咤しまして、浴室に向かう主人を追いかけました」

「まあ、それで？」

「それで、後を追って浴室に飛び込みまして、入浴前の主人を捕まえました。主人が一人きりになる時なんて、そんな時しかありませんから」

「まあああ、そうですわね。良いことを聞きました。内緒話がある時は今度から私もそうしますわ」

「とても驚いて軽く悲鳴を上げていましたけれど、教えてくださいました。ああ、ご安心ください。まだ上半身しか脱いでませんでしたわ」

「大丈夫、そんなこと心配していませんわ。そんなことより、ご主人の好物は……」

アンネリーエがごくりと喉を鳴らす。デボラは眉をきつくひそめ、ゆっくりと頷いた。

「主人の好物は……カルボナーラでしたわ」

「カ……、カルボナーラ……！」

「ええ、意外でした。もっと、こう……凝った名称の、高級で手に入りにくい食材を使う手の込んだものかと思っていたものですから、私もその場で一瞬言葉を失ってしまいました」

「……そうですか……カルボナーラ……」

アンネリーエはそうつぶやくと、あごに手を添えて目を瞑った。めずらしく困ったように眉尻が下がっている。

「パスタ、でございましたか。私にとっても意外でした。ええ、盲点と言ってもいいかもしれません。パスタは未知の領域でしたわ。大変興味深いお話、ありがとうございます」

「どういうことですの」

デボラが首を傾げる。彼女は今日もまた、グレーを基調とした地味なドレスを着ている。濃紺の長い髪はハーフアップにしているので、形の良い輪郭がはっきりと見えている。

アンネリーエは覚悟を決めて両手をポンと膝の上に乗せた。

「パスタと言えば、やはり小麦。小麦の産地は存じておりますが、残念ながらパスタ向けの小麦の知識はございません。勉強不足でしたわ。申し訳ありません、お役に立てなくて」

アンネリーエの謝罪にデボラが口に手を添えて驚いた。

「えっ、まあ……まああ……！　アンネリーエ様、食材の産地にまでこだわっておいでだったのですね……！　何ということかしら。私は今日、アンネリーエ様がどこまで調理をなさるのか、食材を切るところからなのか、それとも仕上げだけなのか。そもそも厨房にお入りになるのかどうか。それをお聞きするために参ったのです。まさか、そこからだったとは」

「あら、そうでしたのね」

「本当においしいものをお出ししたい。夫に喜んでもらいたい。アンネリーエ様のそのお心、素晴らしいですわ。これこそ愛。愛に溢《あふ》れていますわ。目先のことしか考えていなかった自分が恥ずかしい。私はなんて浅はかだったのでしょう」

「そんな、そこまで」

「いいえ。アルノー様があれほどまでお変わりになられたのも納得ですわ。やはり夫婦円満の秘訣は、愛、なのですね。確信いたしました」

デボラは胸に手をあて、何度も頷いている。

これが愛というものなのかしら。アンネリーエはぼんやりと考えた。アルノーは口うるさいけれど、最後は必ずアンネリーエの気持ちを優先してくれる。アンネリーエが無駄なことをしないように的確な指示を出してくれる優しさがあるし、毎日真面目に働いているし、賢くて判断も早くて頼りになる。だからこそ、アンネリーエはアルノーのために何かをしてあげたいと思うのだ。

なるほど、これがきっと愛なのだわ。

この世の真理にたどり着いたアンネリーエは、感動に打ち震えた。胸の前まで上げた両手をぐっと握り、デボラをまっすぐに見返した。

「パスタ用の小麦の知識はありませんが、卵なら任せてください。我が家ではとある養鶏場から卵を仕入れています。その養鶏場はアルノー様の御指定なのです。ここ以外なら、南のゾーラ領にある養鶏場がオススメです。私も一度見学に行ったのですが、小規模だからこそ一羽一羽の鶏を大切に育てていました。ただ、ここは少し王都からは遠いのが難点です」

「まああ、見学に。さすがですわ」

「それからベーコンとチーズですわね」

「あっ」

ハッとしたデボラが声を上げた。

「私の実家の領に、確か養豚場と牧場があったはずです」

「まあ。では、ベーコンとチーズも作っているかもしれませんわ。きっと自領であれば、作業にも快く参加させてくださることでしょう」

「え？　作業？　参加？」

「できたてのベーコンとチーズはさぞかしおいしいことでしょうね。あっ、そうだわ。オリーブオイルも必要ですわね。ちょうどいいわ。私が先日採ってきたオリーブのオイルがあります。少しお持ちになりますか」

「まあ、オリーブオイルを取りに行かれたのですか」

「オリーブは日持ちしないから、採ってすぐにオイルにするんです。一番搾《しぼ》りですわよ」

「まあ、わざわざ取りに行かれただけあって、お詳しいのね」

「オリーブを砕くのは大変でしたけど、とっても良い香りがしました」

「製造工程まで見学なさったのですね。アルノー様は本当に幸せね。オイルにまで気をつかってもらえるだなんて」

心底感動したデボラが立ち上がった。足がテーブルにあたり、ティーカップが揺れる。すぐにクリスタが新しい紅茶を淹れてカップを替えた。

「ごめんなさい。あまりにも深い感銘《かんめい》を受けて興奮してしまいました」

頬を赤く染めたデボラがソファに座り直し、紅茶に口をつける。少し落ち着いたのか、足を揃えてアンネリーエに向き直った。

「アンネリーエ様は私よりもずっとお若いのに、落ち着いていて賢明でとても愛情深いお方です。私が男だったら結婚したいくらいですわ。アルノー様がうらやましい。もし差し支えなければ、アルノー様とご結婚に至るまでの馴《な》れ初《そ》めをお聞きしてもいいかしら」

「私と、アルノー様の、馴れ初め？」

「ええ。王命でご婚約なさったのは存じておりますが、お二人の間にはすぐに愛情がお生まれになったご様子。本当に興味本位で申し訳ないのですが、是非お聞きしたいわ」

アンネリーエは、ううん、と小さく唸ってから、手持ち無沙汰になった両手でティーカップを包み込むように持ち上げた。その温かさを手のひらで感じながら、侯爵家に嫁いでくる前のことを思い返す。

ここ最近は毎日が楽しいことばかりで、昔からここに住んでいたかのように錯覚《さっかく》するほどだ。こうして考えてみれば、嫁いでからはまだ一年ほどしか経っていない。それなのに、実家にいたことなど遠い昔のように感じる。

優しいアルノー、可愛いミヒャエルと気の利く使用人たち。なんて満ち足りた日々だろう。

紅茶を一口飲んで、アンネリーエはゆっくりと口を開いた。

「実は私、婚約破棄されまして」

アンネリーエの言葉にデボラがハッとして眉を上げた後、すぐに険しい表情を浮かべた。

「ええ、存じておりますわ。その元婚約者の方は本当に見る目がございませんわね」

デボラは吐き捨てるように、はっきりとした口調で言った。

あの夜会の日、デボラと同じようにアルノーとアンネリーエの姿を凝視している青年がいた。信じられない、といった表情を浮かべていた。あの方は確かヒンターマイヤー伯爵家のご子息だったはずだ。

何も起きなければいいけれど、と懸念したものの、自分がアルノーの元婚約者であったことを思い出したら何も言えなかった。向かいに座るアンネリーエを見ると、彼女はニコニコと笑いながら頬張ったクッキーを紅茶で流し込んでいる。静かにティーカップを机に戻したアンネリーエが口を開いた。

「カイ、ええと、カイというのは私の元の婚約者なのですけれども、彼とは幼馴染でして、仲は良かったのですけれどもそこに愛情というものはなくてですね――」

アンネリーエはやんわりと微笑みながら、頭の片隅に追いやられていた遠い記憶を引っ張り出した。

「これは俺の妹のアンネリーエ。今日は親父が家にいないんだ。屋敷に一人置いておくわけにいかないから連れてきた。一緒に遊んでやってほしい。大丈夫、まだ小さな時から野球もサッカーも俺がしっかりと教えてきた。野球はホームランはまだ無理だが、右中間ヒットまでなら打てる。サッカーならボレーシュートが得意だ。なかなか筋が良い」

兄に背を叩かれ、十歳のアンネリーエはぎゅっと口を引き結んで大きく頷いた。

アンネリーエには母の記憶はない。アンネリーエがまだ赤ん坊の頃に病で亡くなってしまったのだ。母がいない分寂しい思いをさせないように、と常に父と兄が一緒にいてくれた。バーナー伯爵家は国内でもかなり裕福な家である。誘拐の危険は常にあった。過保護すぎるくらいでちょうどいい、と屋敷の誰もがそう思っていた。守られて可愛がられて育ったアンネリーエは素直でのんびりとした子に育った。

その日は、父が王都に用事があり不在にしていた。友人たちと公園で遊ぶ約束をしていた兄は、アンネリーエを家に一人にはしておけない、と公園に連れてきたのだ。男の子たちと同じように走ったり声を上げたりできる元気なアンネリーエは、すぐに彼らと仲良くなることができた。それ以来、兄が公園で遊ぶ時には必ず一緒に行くようになった。

友人たちは兄の同級生。同じ伯爵家から子爵家までの様々な家柄の子息たちだった。その中に、後の婚約者となるカイがいた。カイは年上の従兄に連れられて来た、ヒンターマイヤー伯爵家の長男であった。聞けばアンネリーエと同じ年だという。サラサラで黄金色の髪に、垂れ気味で大きな目をした彼は親しみやすい容姿をしていた。年下のアンネリーエとカイは必然的に一緒にいることが多かった。

おっとりとしている割には運動神経が良くて元気なアンネリーエは、カイよりも背が高かったこともあってサッカーも野球も彼よりもずっと上手だった。同じチームであれば素晴らしいチームワークを見せるものの、敵となればそうはいかない。同じ年の女の子に負けた悔しさに、カイは毎度アンネリーエに八つ当たりした。何を言われてもきょとんとして首を傾げているアンネリーエ。それにイラついたカイは、最後には必ずこう叫んだ。

「お前なんかもう知らねー！　バーカ！　バーカ！」

そして、アンネリーエをドンと突き飛ばし涙目で走って逃げてゆくのだ。

大人たちがそんな二人を傍《はた》から見れば、仲が良さそうに見えたかもしれない。貴族学校に入学する前の十三歳の時に婚約の話が持ち上がった。同じ伯爵家で家格もつり合う。実際のところは、裕福なバーナー伯爵家と縁を繋ぎたいヒンターマイヤー伯爵家の強い意向があったようであったが。

婚約を結んでからは、親からよく言い含められていたのだろう。アンネリーエを突き飛ばすこともなくなったし、悔し泣きすることもなくなった。身長だってあっという間に追い抜かれてしまっていた。

二人は公園で遊ぶだけではなく、定期的にお互いの家を行き来していたし、一緒に王都に買い物に行くこともあった。アンネリーエは特にカイに好意を抱くことはなかったけれど、兄と遊んだり出かけたりする時と同じような安心感はあった。自分はこうした穏やかな日々を一生送っていくのだろう。そう思っていた。

カイの様子が変わったのは、二人が十五歳で貴族学校に入学してからだ。

二人が入学したのはとりわけ子供の多い年で、アンネリーエはカイとは離れたクラスになった。しかも、アンネリーエのクラスは急遽増設された教室だったのでカイのクラスとは棟が違った。そうなれば、同じ学校に通っていても顔を合わせない日も多かった。

それまでは兄の友人とばかり遊んでいたアンネリーエであったが、それなりに年頃になったので同級生の女の子たちと遊ぶ方が楽しくなっていた。兄たちとのサッカーよりも同級生とカフェでのおしゃべりを優先させた。

いつも一緒にいるグループは同じような家格のご令嬢たちが多い。その中に、ユーディットという令嬢がいた。ミルクティー色の髪を緩く巻いていた彼女は、アンネリーエよりもずっと背が高くすらりとした美女だった。伯爵家の長女で、妹や弟がいる姉らしく、とても面倒見がよかった。のんびりとしたアンネリーエの世話をいつも焼いてくれていた。

「アンネリーエ、来週の予定は？」

同じテーブルでランチを食べながら、ユーディットが尋ねた。

「ええと、週末に何かあったような」

ココアの温かさに少しだけ眠くなってしまったアンネリーエは半目のままこたえた。

「ほら、ちゃんと手帳を見て。必要なものがあったら、今からちゃんと用意しておかなきゃ！」

ユーディットに叱られ、アンネリーエは鞄から手帳を取り出す。パラパラとめくって手を止める。

「あっ、そうだった。ペトリ先生の特別講義に申し込んでいたんだったわ。赤と紫と黄色のペンを用意するように言われていたのよ。買っておかなきゃ。すっかり忘れていたわ。ありがとう、ユーディット」

手帳を閉じて礼を言うアンネリーエに、ユーディットは呆れ顔を見せた。そして、小さくため息を吐いた後に必ずにっこりと笑うのだ。

「ほらね、確認しておいてよかったでしょう」

すっかり目の覚めたアンネリーエも笑った。一緒にいる友人たちも笑う。楽しい学生生活だった。

一方、カイとはすれ違うことが多くなった。

「ごめんなさい。週末は用事があるの」

アンネリーエが謝ると、カイが不機嫌そうに顔をしかめた。

「せっかく誘ってるのに、お前いつも断るよな」

「ペトリ先生の講義はもうキャンセル受付期間が終わっているの。それに二人一組で実験をするから、私が休んだら生徒が一人余ってしまうわ。だから、ごめんなさい。また別の日に誘ってちょうだい」

「何だよ、せっかく劇のチケットを手に入れたっていうのに」

ぶつぶつと文句を言いながら、挨拶もなしにカイは勝手に帰って行ってしまった。

最近はいつもこんなことばかり起きる。アンネリーエに予定がある時に限ってカイがお出掛けに誘ってくるのだ。ならば、とアンネリーエの方から誘えば、今度はカイに予定が入っている。どうにもお互いのタイミングが合わない。

そうこうしているうちに、何となく声を掛けづらくなってしまい、カイとはしばらく顔を合わせない日々が続いた。

そんなある日、アンネリーエは友人たちに学校近くのカフェに呼び出された。

「アンネリーエ、あなた婚約者とどうなっていますの!?」

皆で囲んだ丸いテーブルには、フルーツがたくさん載ったパフェや純白のクリームをまとったプリン、ツヤツヤと輝く真っ赤な苺のタルトが並んでいる。追加で熱々のアップルパイも届いた。アンネリーエはテーブルの上を見回しながら、フォークとスプーンを何度も持ち替えた。

「どうって、いつも通りよ。あっ、私もタルト食べたい」

先ほど詰問してきた友人が苺《いちご》のタルトを取り分けてくれる。一番大きくて食べやすそうなやつだ。

「婚約者とは会ってるの？　会話してる？　どうなの？　アンネリーエ」

顔をしかめた友人たちが、もぐもぐと一生懸命口を動かしているアンネリーエをいっせいに見た。

口の中のものを全部飲み込み、下唇についたパイの欠片をぺろりと舐《な》め取ったアンネリーエはおずおずと話した。

「最近は会ってないわ。どうしてもスケジュールが合わなくって」

そう言って、アンネリーエはプリンの上のチェリーに手を伸ばした。隣に座る友人がぺちりと手を叩く。

「私たち真剣にあなたの心配をしているのよ」

「そうよ。……先週、私は私の婚約者と一緒に予約必須のカフェに行って来たの」

友人の言葉に、アンネリーエは叩かれた手をさすりながら微笑む。

「まあ、うらやましい。私もカイに誘われてたけれど、予定が合わなくて行けなかったの」

「それよ！」

友人たちがいっせいにアンネリーエに詰め寄った。

「そのカフェにね！　カイ様が！　いたのよ！」

「その話を聞いて、私たち皆びっくりしたのよ」

「アンネリーエに言うべきか内緒にすべきか悩んだ結果、やっぱり真実を伝えることにしたわ」

全員の目がアンネリーエに向けられている。隙あらばたった一つのチェリーを狙《ねら》っていたアンネリーエは両手を膝の上に戻して、ぱちぱちと瞬いた。

「カイが、その予約必須のカフェにいたの？」

「そうよ」

先週の休日はカイからデートに誘われていた。しかし、またアンネリーエに予定が入っていた。あと一日早く言ってくれれば何とかなったのに。どうにもうまく行かないものだ。そう思っていたところだった。しかし、あの時は、一緒に出掛けようと言われただけでカフェに予約を入れたとまでは聞いていない。

カイはああ見えてけっこう堅実な性格だ。アンネリーエの返事を聞かないうちに見切り発車で予約なんてするだろうか。アンネリーエは少しだけ違和感を覚えた。

「まだピンと来ないようだから言うけれど、カイ様はユーディットと二人でカフェに来ていたのよ。たいそう仲良さそうに、デザートのお代わりまでしていたわ」

友人は鼻息荒くそう言うと、どさりと椅子の背に体を預けてふんぞり返った。

アンネリーネは全員の顔をゆっくりと見回した後、いつもみたいにニコリと微笑んだ。

「私が行けなかったから、きっと代わりにユーディットが行ってくれたのね」

「そうじゃなくて！」

すかさず全員に突っ込まれた。

「知ってる？　あの二人は学校でも人目を憚《はばか》ることなくイチャついているのよ。有名な話だわ。気付いていないのはあなただけよ、アンネリーエ」

アンネリーエは大きく目を見開いて驚いた。おっしゃる通りでございます、全く気付いてなかった。三年生になり、クラス替えでユーディットとは違うクラスになった。彼女は確か、カイと同じクラスに……。

「カイ様と同じクラスになったから、たまたま暇そうにしていたユーディットに声をかけたのね、くらいにしか思っていないでしょう、あなた」

心の中を見られたのかと思って、アンネリーエは思わず両手で胸を押さえた。それを見た友人たちが大きくため息をつく。

「二人が仲良くしているのは、今年からじゃないわ。一年生の時からよ」

「だいたい、おかしいと思わない？　どうしてあなたたちってこうもお互いにスケジュールが合わないわけ？　カイ様はアンネリーエが予定のある日にしか誘ってこないのでしょう」

「ええ、不思議ね。よっぽど相性が悪いのだわ」

「なーに言ってんのよ！　あなた、いつもユーディットにスケジュール帳を見せているでしょう。絶対にあの子がカイ様に伝えているのよ。あなたが断らざるを得ない日を選んでカイ様は声をかけているんだわ。そうすれば、あなたが悪いことになるでしょう」

アンネリーエには心当たりがあった。カイに誘われ、断る度に、アンネリーエは謝ってばかりいるのだ。

アンネリーエは戸惑った。だからと言って、ユーディットがわざとそうなるように仕向けている証拠などあるはずもない。少し悩んだ後、やっぱりプリンの上のチェリーに手を伸ばした。今度は誰にも怒られない。

「うーん、でも。私とカイの婚約はまだ続いているのは確かだし。カイが暇な日にお友達と会っているのを咎めることはできないわ。私は大丈夫よ、皆ありがとう」

そう言って笑ったアンネリーエはすっかり忘れていた。

もうすぐ差し迫る卒業式にカイからエスコートの申し出がないことを。通常であれば、婚約者が学内にいる者はその相手と共に入場するものだ。それに気付いたのは、卒業式で着るドレスを選んでいる時だった。父が用意してくれた落ち着いたピンクベージュのドレス。赤い髪に桃色の瞳のアンネリーエによく似合っていた。それに合うアクセサリーはどれにしようかとジュエリーボックスを開いた時に、ふと思い出した。友人の一人は、婚約者から贈られたドレスとアクセサリーをつけて参加すると言っていた。ボックスの中には、父や親戚から贈られたアクセサリーしか入っていない。

そういえば、今年のアンネリーエの誕生日にはカイから何も贈られてこなかった。おめでとう、の一言もなかった気がする。家族やたくさんの友人から祝われたアンネリーエはすっかり気が付かなかった。一方、カイの誕生日には、アンネリーエはきちんとプレゼントを贈った。本人から、この店のこの帽子が欲しい、とリクエストがあったからだ。それはセミオーダーでなかなか値の張るものだったので、アンネリーエは貯めていたお小遣いを下ろして買ってあげたのだ。

プレゼントもない。式でのエスコートの申し出もない。どうして今まで気にも留めなかったのだろう。でもすぐに、答えに思い至る。

アンネリーエはカイにそれほど興味がないのだ。

正直なところ、ユーディットとの関係を耳にした時だって、それほど、いや、全くショックは受けなかった。別に嫌いなわけではない。一緒にいるのも苦ではない。でも、隣にいなくても何とも思わない。

鈍感なアンネリーエでも、これから起こるであろう出来事の想像がついた。それはきっと、現実となることだろう。それでも、アンネリーエの胸は全く痛まない。先日のアップルパイまた食べたいなあ。熱々のやつ！　そう思うばかりであった。

だから、卒業式の会場でカイから婚約の破棄を言い渡された時も、やっぱりそうか、と思っただけだった。

正装しているせいか、久しぶりに見たカイは大人びて見えた。一緒に公園を走り回っていた頃の面影がほとんどない。その隣に引っ付いているユーディットはシャンパンゴールドの素敵なドレスを着ている。スタイルの良い彼女にとても良く似合っていて、まさに華麗といった言葉がぴったりだった。よく見れば、胸元の刺繍はカイのジャケットの襟元のものとおそろいだ。申し訳なさそうな顔をしているけれど、しっかりと仲良しアピールの準備に抜かりはない。

呆れを通り越して感心したアンネリーエは、いつも通りににこにこと笑って二人を許した。

「では、父に言ってなるべく早めに婚約破棄の書類にサインしてもらうわね。お幸せに。それじゃ」

カイはあっけに取られたような、ユーディットは戸惑ったような顔をしていた。

「ア、アンネリーエ」

ずっと黙っていたユーディットが口を開いた。アンネリーエは振り返ったけれど、その続きの言葉がいつまで待っても聞こえてこない。

「ユーディット、いつも私の面倒を見てくれてありがとうね。あなたがいてくれたおかげで遅刻も忘れものもしないで済んだわ。これからは自分で気をつけるようにする。だから、私のことは気にしないで。カイとお幸せにね！」

「アンネリーエ、…………あり、がと……」

ユーディットがおずおずと、言った。それを聞いたアンネリーエの口の端が自然と上がっていった。ごめんなさい、でも、あんたなんて、でもなく、感謝の言葉であったことに胸の奥がすっとして清々《すがすが》しい。

アンネリーエは二人に手を振ってその場を離れた。友人たちの元へ行って笑顔で婚約破棄されたと報告したら、ひどく怒られた。

アンネリーエは全く気にしていなかったのだが、父と兄はカイの所業にとても怒っていた。しっかりと相場通りの慰謝料までもらっていた。家にはたんまりお金があるのだからいいじゃない、と言ったけれど、そういうことではないのだそうだ。アンネリーエにはよくわからないけれど、こういうことはどちらが悪いのかはっきりしておかなければならないらしい。

学校を卒業した後、結婚する予定だったがそれがなくなったアンネリーエは暇だった。王都の中心街に行けるのは、父か兄が行く時に一緒に連れて行ってもらう時だけ。

三年も婚約者の浮気に気付かなかった愚図な令嬢、とアンネリーエは世間でそう呼ばれているらしい。わざわざそんな噂を伝えてくる友人も友人だが、これはやはりどちらが悪いのかはっきりさせてしまったせいなのではないかしら、とアンネリーエは思った。だって、お金持ちはただでさえ訳もなく恨まれることがあるっていうのに。

そういった事情もあって、アンネリーエは社交界には参加していなかった。父と兄はアンネリーエとは違ってとびきり商才があった。今までも稼いでいたというのに、さらに頑張ってお金を稼いできた。そして、言った。

アンネリーエはこのままずっと家にいたらいい。

それもいいな、とアンネリーエは思っていた。バーナー領はのんびりとしていて平和だ。仕事の役には立てないけれど、父と兄のために家を守っているのもいいかもしれない。兄の婚約者との仲も良好である。兄が結婚し子供が生まれて大きくなってきたら、近くにある離れを改装して父と一緒にそちらに引っ越そう。そこで父の面倒を見て一生を終えられたら幸せなのではないだろうか。

そうだ、離れの改装は自分でやってみるっていうのはどうかしら。だって私、暇だし。

その矢先の、王家からの打診だった。

冷徹で不吉な侯爵との婚姻。侍女たちは、噂なんてあてにならない、と励ましてくれたけれど、アンネリーエの噂は真実だ。浮気に三年も気付かなかったのも愚図なのも本当だ。噂が真実であることもたまにはあるのだから、期待しちゃいけない。

だいたい、あっさり婚約破棄されて社交界にも参加していない自分が次期宰相である侯爵様の妻になるなんて身分不相応じゃないかしら。

この縁談にはさすがのアンネリーエだって思うところがあった。

だから、侯爵が屋敷を訪問するという日に軽く家出してみたのだ。婚約者に捨てられるわ、家出しちゃうわ、そんな令嬢は侯爵だって嫌になるだろう。こっちから断ることはできないんだから、向こうから断りやすくしてあげるのも礼儀のうちなのではないだろうか。

そうと決断したアンネリーエの行動は早い。ささっと必要最低限のものだけを鞄にまとめ、屋敷を出た。乗合馬車の乗り方はよく知らなかったけれど、乗り場まで行ったらそこにいたおばあさんが教えてくれた。バーナー伯爵家が持ついくつかのタウンハウスのうちの一つが王都の中心街近くにある。とりあえず今日はそこを目指し、しばらくは中心街でカフェ巡りをして過ごそう。

すでに家出の理由を見失ってしまっていたが、アンネリーエは初めての一人旅に浮かれていた。だから、乗った時はほぼ満員だった馬車でいつの間にか見知らぬ男と二人きりになっていることに気付いたのは、家からかなり離れてからのことだった。

ずっと窓の外を見ていたアンネリーエが姿勢を元に戻した時、斜め前に座る男と目があった。あんなにこっちを見てるなんて、何か用があるのだろうか。しかし、男はすぐに目を逸らした。そして、横目でだが、やっぱりこちらを見ている。無造作に伸ばしっぱなしの黒い髪に、無精ひげ。四十代くらいの男は細い目をさらに細めてこちらを窺っているように思える。

そういえばアンネリーエが今まで一人で外出しなかったのは、誘拐を恐れてのことだった。今頃になって大切なことを思い出したアンネリーエは少しだけ不安な気持ちになった。護衛の一人くらいは連れて来るべきだった。あら、王都に向かうのはこの道だったかしら。まさか御者もこの男の仲間だったとしたら。一つ疑わしいと思えば、目に入るもの全てが怪しく見えてきた。

男を視界に入れないように窓の外を眺めたら、次の停留所は見知った公園の前だった。兄と何度も来たことのある広い公園だ。ここはいつも家族連れがたくさん訪れていて、かなりの人がいる。一度ここで降りて、様子を見よう。何ならこの停留所で反対方向の馬車を待ってそのまま家に帰ればいい。

馬車が止まるとすぐに、アンネリーエは鞄を抱えて飛び降りた。男は降りて来なかった。なあんだ、気のせいだったのね。勝手に疑ってしまって、悪いことをしたわ。もしかしたら、そわそわしていたアンネリーエを心配してくれていたのかもしれない。

ベンチに座って小さくため息をついた。

何だか少しお腹が空いてきた気がする。この辺りには自然はあるけれどお店はない。王都の中心街に向かうのと家に戻るのとではどっちが早いだろう。

頭を悩ませていたら、近くの生け垣がガサガサ揺れて、銀髪の小さな男の子が姿をあらわした。男の子はボールを抱きしめながら、自分が掻き分けてきた生け垣をじっと見つめている。走り回っているうちに、家族とはぐれてしまったことにやっと気付いた。そんな感じだった。

男の子とぱちりと目が合い、アンネリーエはにこりと微笑んだ。男の子は不安そうな表情のままだった。

「坊や。生け垣をくぐって来たみたいだけど、怪我はない？　大丈夫？」

アンネリーエが優しくそう言うと、男の子は両手のひらを確認した後こくりと頷いた。

「ボール遊びしてたの？」

「……」

「これから遊ぶところだった？」

「……」

男の子からの返事はないが、アンネリーエはゆっくりと立ち上がった。こんなに小さな子供が一人で公園に遊びに来るはずがない。家族と離れてしまってどうしていいのか分からないのだろう。不安な気持ちはよく分かる。さっきまでアンネリーエだって同じ気持ちだった。迷子になった時はあせって動き回らない方がいいのだ。

「お姉さんね、サッカー得意なの。一緒に遊ぶ？」

男の子がきょとんとしてアンネリーエを見上げた。

「坊や、お名前は？」

「ミヒャエル！」

「ミヒャエル君！」

どこかで聞いたことある名前だな、と思ったけれど、そんなことはすぐに忘れてしまった。

「すみませーん！　避《よ》けてくださーい！」

ミヒャエルとボールを蹴り合って楽しんでいたら、遠くから声がかかった。少し離れたところでサッカーをしていた少年たちがこちらに向かって手を振っている。彼らが高く蹴り上げてしまったボールがアンネリーエたちの方へ飛んできていた。アンネリーエはジャンプしてそれを蹴り返した。

少年たちから、わああ、と声が上がる。

「すごーい！　アンネさま！　もういっかいやって！」

アンネリーエのジャンピングボレーに驚いたミヒャエルが、もう一度、とせがむ。ミヒャエルが両手でボールを高く投げた。アンネリーエがそれを蹴り、ミヒャエルが笑い声を上げて追いかける。

ボールを捕まえたミヒャエルが再びボールを投げた。ミヒャエルが助走をつけて投げたからだろう、ボールはスピードをつけて高く、高く上がった。

これを蹴ったら遠くまで飛び過ぎてしまうかもしれない。小さなミヒャエルがそれを追うのは大変だろう。ここはヘディングで受け止めて近くに落とそう。

そう思った時だった。背後にたくさんの人たちの気配を感じてアンネリーエは振り返った。

そこには、王家からもらった経歴書の絵姿そっくりの男性が立っていた。男性はミヒャエルと同じ銀髪だった。ああ、そうか。アンネリーエの記憶はそこで途絶えた。


「……というわけです。縁というものからは逃れられないものですねえ」

アンネリーエはうふふ、と笑って紅茶に手を伸ばした。隣のソファに飛んできたデボラが、両手でアンネリーエの頭を押さえて顔を凝視した。

「か、顔にボールが激突するだなんて……跡が残らなくて本当に良かったですわね」

「球技をしていればそれくらいの怪我は日常茶飯事ですよ」

「顔面にあたるだなんてこと日常的に起こるかしら」

デボラが自分の頬に手をあて考え込む。

「あ、アルノー様にはちゃんと訂正しておきました」

「何をですの？」

「ミヒャエル様が蹴ったボールがあたったのではなくて投げたボールがあたったのです、と」

「そんなこと誰も気にしていませんわ！」

「さすがに小さな子はまだあんな勢いのボールを蹴ることはできません」

アンネリーエは落ち着いた声でそう言い、紅茶をもう一口飲んだ。

呆れて声も出ないデボラは、もう一度アンネリーエの鼻を確認してから帰って行った。


とある晴れた午後、アンネリーエとアルノーは王都の繁華街にいた。

「……君がどのように物を選んでいるのかを見てみたい」

アンネリーエが買い物に出かけると聞いたアルノーがめずらしく仕事を休んでついて来たのだ。

正直言って、見張られているようで気まずい。

そう思っていたアンネリーエであったが、馬車を降りて行きつけの手芸店へ入ったらそんなことすっかり忘れてしまった。この布はどうやって織っているのか。この毛糸はどこの羊か、この絹糸はどこの蚕《かいこ》か。店主をいつもみたいに質問攻めにしていたら、ちょっとだけ顔を青ざめさせたアルノーに腕を引っ張られた。

「この布も糸も買ったらいい。産地は店主からきちんと文書にまとめてもらおうじゃないか。配送の手配は私がやっておこう。君は外で待っていなさい」

アルノーにそう言われ、アンネリーエは外に放り出されてしまった。店先の道路には馬車が停《と》まっている。御者が馬を撫でていた。一緒に来たユッタは店の入り口で立って待っている。

次に行こうと思っている金物店はすぐ近くだ。馬車に乗るまでもない。ユッタの隣に立ってアルノーを待っていたら、ユッタがさっとアンネリーエの前に立った。どうしたのだろう、と思ったら、顔の前に影が差した。

「アンネリーエ」

聞き覚えのある声が聞こえて、見上げたらそこにはカイが立っていた。

貴族らしい服装をしたカイはすっかり大人の雰囲気になっていて、アンネリーエは一瞬誰だか分からなかった。警戒したユッタが険しい表情でカイを睨んでいる。それにムッとしたようにカイが見返している。

「大丈夫よ。私の、同級生で幼馴染だから」

アンネリーエがそう言ってユッタの肩に手を置くと、ユッタは少しだけ体の力を抜いた。

「アンネリーエ、少し話したいんだが」

「どうぞ。ここでいいですよね？」

カイはちらりとユッタを見下ろしたけれど、頷いた。カイとアンネリーエの顔をじっくりと見た後、ユッタはしぶしぶ、といった感じで数歩だけ後ろへ下がった。二人の話は聞こえていない、という風を装ってはいるがしっかり聞き耳を立てているのは丸わかりだった。

「アンネリーエ、お前。お前、さ……」

カイはそう言うと、そっと目を逸らして黙りこくってしまった。黙って待つのに飽きたアンネリーエが先に口を開く。

「カイもお買い物？　一人？」

「あ、ああ……。買い物してたら、侯爵家の馬車を見かけたから、その、お前かと思って待ってた」

「ねえ、ユーディットは元気？　卒業した後すぐに結婚したって聞いたわ」

アンネリーエの問いにカイがおずおずと頷く。

「もうすぐ子供が生まれる」

「まあ！　おめでとう！　生まれたら教えてくれる？　もうすぐ領地から作りたてホヤホヤの綿が届くの。お祝いに送るわね」

「作りたてホヤホヤって何だよ、意味わかんねー」

はあ？　と、カイが眉間のしわを深くした。

「綿？　紡いで糸にしてもいいし、そうだわ。赤ちゃん用のお布団にしてもいいわね、これから寒くなるから」

アンネリーエが笑顔で手を叩いて言った。その楽しそうな様子にカイが顔を引きつらせながら大きく息を吸った。

間の悪いことに、ちょうど会計を済ませたアルノーが店から出てきた。ドアのすぐ脇に立つユッタと目が合い、怪訝《けげん》そうに眉をひそめた。そして、すぐにアンネリーエとカイに気付いて足を止めた。思わず隣の店との境にある大きな柱にそっと身をひそめ、二人の様子を窺う。

「お、俺は！　もしかしたら、お前が……お前が不幸になってるんじゃないかって……心配していてっ！」

「私が？」

　目を丸くするアンネリーエを、カイはきつく睨みつけた。

「そうだよ！　そりゃあ、不幸にしたのは俺だけど！　俺だけどっ、それは、悪いと思っていて……ごめん。子供が生まれることになって、名前は何にしよう。男の子かな、女の子かなって思った時に、もし女の子だったらいつか嫁に行くのかな。それは嫌だな、って思って……」

「はあ、ずいぶんと先の未来のことを」

「それで、俺の娘が将来、婚約者に婚約破棄されたらって思ったら……」

「はー」

　気の無いアンネリーエの返事に、悲し気に眉を下げていたカイがカッと目を見開いた。

「せめてお前がこの後幸せに暮らして行けるようにするにはどうしたらいいかって思ってたら、お前っ、勝手にゼーバルト侯爵と結婚しちまうし！」

「別にカイに許可を取る必要はないし」

「そそそっ、そうだけど！　でも、侯爵はすごく評判が悪かったからっ。関わる人は皆死ぬって噂だったし、そもそも本人は血も涙もない冷酷で非情な奴だって聞いたし」

　カイは街中だというのに、興奮して声を張り上げた。自分の評判はよく理解しているつもりであったが、全く面識もない青年に目の前でそう評され、アルノーは強かに傷付いた。

カイとかいう青年はもしかして未だにアンネリーエに未練があるのだろうか。だとしたら、全くアンネリーエには響いていないようなのでお気の毒ではあるが、見過ごすことはできない。この後の話の内容によっては出て行かなければならないだろう。アルノーはそのタイミングを窺うように柱の陰から二人の姿を睨んでいた。

「侯爵には子供もいるっていうし、いきなり母親なんてさせられて、もしかしたら屋敷では邪険にされていじめられてるんじゃないかって心配していたんだ。それなのにっ、それなのにっ」

目をぱちぱちと瞬かせながら黙っているアンネリーエの鼻先に、カイがびしっと人差し指を突き立てた。

「侯爵と仲良さそうに夜会なんて出ていやがって！　王太子殿下とも楽しく話してるし！　何なんだよ、お前。どこ行ってもどんな時も、結局一番幸せそうな顔していやがって。ほんとに、ほんとに……お前……！」

伸ばしたカイの腕がぶるぶると震えている。アルノーは二人の前に飛び出そうと身構えた。が、ユッタに上着の裾を引っ張られて止められた。

驚いて振り返ると、ユッタに人差し指を口にあて、しぃーっ、と叱られてしまった。

「大丈夫よ、カイ」

アンネリーエはにこにことしたまま、ゆっくりとカイの腕を下ろした。

「アルノー様はああ見えてとっても優しいのよ。さっき言ってた綿だって、アルノー様がいいって言ってくださったから、思う存分実家に帰って羊の毛を刈ってきたのよ」
「羊の毛を刈るって、お前何言ってんの？」
下ろされた腕をさすりながら、カイが一度地面に視線を落とした。そして、すぐに顔を上げると
アンネリーエを睨みつけた。
「お前って、昔から意味わかんねーんだよ！　お前なんて、お前なんてっ」
眉をつり上げたカイの瞳にみるみる涙が溜まってゆく。アンネリーエはぽかんと口を開けてそれ
を見守っていた。
「お前なんてもう知らねーからなっ！　バーカ！　バーカ！」
カイはそう叫んだ後、涙目のまま全速力で走ってどこかへ行ってしまった。
久しぶりに聞いたカイの罵倒《ばとう》にアンネリーエが目を剥《む》いた。あまりの子供っぽさに驚いて、しば
らく動けないままでいた。
ユッタが摑んでいたアルノーの上着を放した。
どんどん小さくなっていくカイの背中。バーカ、バーカ、と叫んだ彼の情けない声が耳から離れ
ない。アルノーは額に手をあてて深呼吸した。……もしアンネリーエに危害を加えるようならそれ
相応の報復も考えていたが……まあ、あんな男、どうでもいいか……。
「あら、アルノー様。いらしたのですね」
店先に突っ立ったままのアルノーに気付いたアンネリーエが振り返る。その笑顔は、ついさっき

まで元婚約者ともめていたとは思えないほど朗らかだった。

「ああ、会計は済ませた。次に行く予定の店はどこだ。さっさと向かおう」

「はい。アルノー様。最後にミヒャエル様のお土産を買って帰りましょうね」

アンネリーエが嬉しそうにアルノーの腕に自分の腕を絡めた。

二人は並んでゆっくりと歩き始める。ユッタは少しだけ距離を置いてから、二人の後をついて行った。

*Koshakuke no
itatte heiwa na
itsumo no
shokutaku*

Side story

閑話2

Koshakuke no itatte heiwa na itsumo no shokutaku

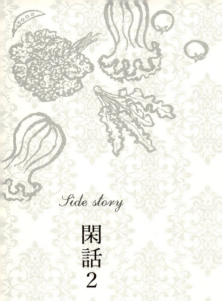

アルノーは意外とよくしゃべる。

「私は夜会という不毛な時間を過ごすほど暇ではない。わざわざ着飾って不快な噂話に耳を傾けるなど愚の骨頂。私は宰相閣下の補佐だ。貴族たちのどのような派閥にも与《くみ》する気はない。これは君と初めて面会した際にも言ったはずだ。我が家に社交は必要ない。だが、しかし、君がただ単に友人と会いたい、もしくは新たな交友関係を広げたいというのであれば、それには異存はない。出席したらいい。ただし、私は行かない。エスコートが必要ならば、義兄上や義父殿に頼んでくれ」

夜会の招待状の話題をちょっと出しただけでこうである。

招待状はアルノーとアンネリーエの連名で届いていた。一週間経っても返事をしていないようだったので、忘れているのかと思って軽い気持ちで尋ねてみただけだ。要するに、自分は行かないがアンネリーエは好きにしていい、と言ってくれているのだ。優しい。

いつもより少しだけ早く帰宅したアルノーは、ダイニングルームで遅い夕食をとっていた。一人の食事はさみしいだろう、と、アンネリーエは寝巻にナイトガウンを羽織り、アルノーの向かいの席でホットミルクを飲んでいる。マグカップを握った両手も心もぽかぽかと温かくなった。

にこにこと微笑んでいるアンネリーエを見て、アルノーが顔をしかめた。

「待て。君の交友関係に口を出すつもりは全くないのだが、その、君は一応、侯爵夫人であるのだから、新たな交友と言っても女性にしておくべきだと、思う。いや、ダメだと言っているわけではないのだが、社交界とは火のないところにも煙が立つような場所だ。けして男性と不用意に接触しないように。ユッタたちにもよく言っておくが、男性と二人きりになってはいけない」

アルノーはそう言うと、急に肉や付け合わせの野菜をばくばくと口に放り込み始めた。

可愛ーい！

アンネリーエはたまらずに両手を頬にあてて、ぎゅっと両目を瞑った。

待て、って何。私が返事をしなかったあの短時間でいったいどんなことを想像したっていうの。

ご安心ください。九つも上なのにこんなに可愛いあなた以外の男性が目に入るはずがありません。

こんなことを考えているだなんてことはおくびにも出さず、アンネリーエは柔らかく微笑んだ。

「私も社交界は苦手です。欠席すると聞いてほっとしましたわ。友人とは別の機会にでも会えますもの。その日は家でゆっくり過ごしましょう、アルノー様」

アンネリーエの返事に、アルノーは無表情のまま小さく頷いた。空になったグラスに、笑顔の家令がワインを注いだ。


「遅れてしまってごめんなさい。私から誘ったというのに」

殊勝な言葉のわりにはのんびりとした様子で、アンネリーエはボンネットを脱いだ。後ろをついてきたユッタにそれを預けると、ゆっくりと席に着く。

王都の中心街、貴族向けの落ち着いたカフェ。一階ではピアノが奏でられ、吹き抜けの二階は予約制の半個室となっている。その一角、広めの丸テーブルを妙齢の淑女たちが囲んでいた。

「いいえ、時間通りよ。私たちが早めに来ていただけ」

「アンネリーエにしては早いんじゃない？」

「待ち合わせには早めに来なさい、っていつも言ってたでしょう。まったく」

三人の淑女たちが同時にしゃべった。他の二人は澄ました顔で紅茶を飲んでいる。

彼女たちは、アンネリーエの同級生だ。学校ではいつも一緒に行動していたし、アンネリーエが婚約破棄された時にはアンネリーエの代わりにとても怒ってくれた、大切な友達だ。

ティーカップを置いた一人が、ちらりと上目遣いにアンネリーエを睨んで口を開いた。

「アンネ、あの帽子はちょっと可愛すぎるんじゃないかしら。あなた、侯爵夫人になったのでしょう。既婚者がかぶるものじゃないわよ」

周りの友人たちもうんうんと頷いている。彼女たちは皆、学生時代からの婚約者と結婚した貴族のご夫人たちである。ちなみに、一人はお腹《なか》の大きな妊婦だ。名字も爵位も境遇も以前とはずいぶん違うけれど、口調や態度は学生時代と全く変わらない。懐かしい状況にアンネリーエは満面の笑みを浮かべた。

「だって、あの帽子が良く似合うって夫が言ってくれたんですもの」

アンネリーエの返事に、淑女たちの目がいっせいに光った。

「やっぱり、あなたたち、うまく行ってるのね！」

「そういう噂は聞いていたけど本当だったのね！」

「ねえ、あの堅物侯爵とどうやって仲良くなったわけ？　聞かせなさいよ、初めから全部詳しく！」

興味津々の彼女たちにいっせいに詰め寄られ、アンネリーエはちょっとだけのけぞって両手を挙げた。

「噂ってなあに？」

友人たちはすぐに姿勢を正し、澄ました笑みを浮かべた。

「冷血漢だっていうあの侯爵が結婚してから変わった、っていう噂が世間では流れてるのよ」

「あら、まあ」

頰に手をあて首を傾げるアンネリーエの様子に、全員が瞬いた。それはどっちの反応だ、と顔を見合わせる。そんな彼女たちの様子を気にする素振りもなく、一番大きなチェリーパイに伸ばされようとしているアンネリーエの手を友人の一人がぺちりと叩いた。控えていた店員がすぐに飛んできて、パイを皿に載せてくれた。

「アルノー様は冷血漢でもないし、結婚前からお優しい方よ。噂は間違いだわ」

アンネリーエはそう言うと、チェリーパイを頰張った。

「いつだって私の希望を優先してくれるし、わりと自由に過ごさせてもらってるの」

アンネリーエの言葉に、友人たちがもう一度顔を見合わせた。

「ゼーバルト侯爵って夜会にも出席なさらないし、前評判があぁだったでしょう。私たち、あなたのこと心配していたのよ」

「ほら、家族が次々と亡くなっていったから……呪われてるって……。でも、確かに杞憂だったわねえ」

友人たちは、口いっぱいにパイを頬張ってニコニコしているアンネリーエを見て、ため息をついた。もともと丸い頬がさらにリスのように真ん丸に膨らんでいる。

「侯爵のお子様とはうまくやれてるの？」

お腹の大きな友人が心底心配そうに眉をひそめて尋ねた。

もぐもぐと口を動かし、何度も頷いたアンネリーエのティーカップに、友人がさっと紅茶を注《つ》ぐ。それをごくりと飲んだアンネリーエが、やっと口を開いた。

「ええ、とっても仲良しなの。今日だって、私の乗った馬車を見送るために玄関を出てまで、ずっと手を振ってくれていたわ。一緒に旅行にも行ったし、毎日お庭の野菜畑にお水を撒《ま》いてるし」

友人たちがくすくすと笑う。

「庭で野菜を育ててるの？　侯爵夫人がやることじゃないけど、アンネなら納得だわ」

「ええ、あっという間に育つのよ。サラダはアルノー様の好物だから、新鮮でおいしい野菜がたくさん採れるとすごく嬉しいの」

「わあ、夫婦仲がうまくいってるっていう噂は本当なのねえ」

「待って、待って。サラダが好物って……、ちょっと笑っちゃう。それ、本当に？」

「でも、あのスマートで澄ました感じの侯爵だったら、サラダが好物ってのも分かる気がするー。味気ないカロリーの少ないもの食べて生きてそう」

「そうねえ、私の実家オリジナルのレモン風味のドレッシングを気に入ったみたい。さっぱりとした物がお好きなのかもしれないわ」

「うちの夫にも見習ってほしいわ。脂の滴るようなこってりした肉ばっかり食べるのよ。いくら若いからって、絶対に体に悪いわ」

「うちもよぉ。好き嫌いが多いから、栄養が偏っちゃって」

「最近、私は運動を始めたの。食べるのを我慢するのはいやだから、その分動くことにしたの」

「偉ぁぁい！」

いっせいにしゃべり始めた友人たちの目の前の皿から、どんどんとデザートが減ってゆく。紅茶の入ったポットとデザートの追加がすぐに運ばれてきた。

さっきまで澄ましていたというのに、あっという間に学生時代のようなにぎやかさだ。せっかくのピアノの生演奏も聞こえなくなってしまった。

それでも、アンネリーエはこんな気の置けない会話が懐かしくて目を細めた。

アンネリーエは婚約破棄のほとぼりが冷めるまではあまり出歩かないようにしていた。そのうちに彼女たちがどんどん結婚し、集まってのおしゃべりもすっかりご無沙汰《ぶさた》になっていた。

この人数が全員揃う機会など今後あまりないだろう。それが分かっているからか、一度しゃべり始めたら止まることはない。話題はすぐに違うものに変わり、しばらくしたら思い出したようにまた元の話題に戻る。そしてまた、新しい話が始まる。

店員が温かい紅茶を注いでくれた。ティーカップを持ち上げ、アンネリーエは口を付けるわけでもなく、その香りを楽しみながら湯気の向こうにいる友人たちをぼんやり見つめた。

「あら?」

隣に座る友人が髪を掻き上げた際に、小さなイヤリングが見えた。ティーカップを持ったまま、アンネリーエは思わず声を上げてしまった。

「エミリア、可愛いイヤリングね」

それぞれおしゃべりをしていた友人たちがいっせいに振り向く。イヤリングを褒められた友人エミリアがはにかみながらも、あわてて髪を下ろして耳を隠す。しかし、他の友人たちは既にそのイヤリングをしっかりと目撃していた。

「細かい装飾が凝っていて素敵」

「石の色もあなたによく似合ってると思うわ。でも……」

「「「地味!」」」

アンネリーエを除く全員に声を揃えてそう言われ、エミリアが両手で耳を覆う。本当はアンネリーエも、エミリアにしては地味なジュエリーだわ、と思っていた。しかし、皆のペースに乗り遅れてしまった。のんびり屋のアンネリーエはのどまで出かかっていた言葉を静かに呑み込む。

「あはは。見られちゃった。そうなの、私らしくないでしょう。夫がね、突然プレゼントしてくれたの。自分で選んだらしくて、もう、すっごく地味なのよ。どうせ買うなら一言相談してくれればいいのに」

エミリアはそう言って、髪を持ち上げちらりとイヤリングを見せた。そして、すぐにまた髪を下ろしてしまう。学生時代からエミリアは派手好きだった。選ぶアクセサリーはもちろん、髪はゴージャスに巻いていたし、教科書にはキラキラとラメの入ったブックカバーを付けていた。制服のタイに勝手にビジューを付けて職員室に呼び出されていたことだってある。

「とか言って、嬉しそうじゃない」

向かいに座るニヤニヤした友人にそう言われ、エミリアは急に手で顔を扇ぎ始めた。

「そんなことないわ。今日だって、久しぶりの集まりだから気合入れて着飾ってたら、夫が見に来たのよ。そうしたら、着けないわけにはいかないじゃない？　だって期待のこもった目でこっちを見てるんだもの。こんな地味なジュエリー好みじゃないんだけど、ほんとに、そうなんだけど、仕方なくね。ほんっとに仕方なく」

早口でそう言うエミリアを、アンネリーエは温かい目で眺めた。

何だかアルノー様みたい。アルノーもたまにこんな感じでたくさんしゃべり始めることがある。

その彼は今頃王城で仕事中だ。

今日は早く帰って来てくれるかしら。何だか急にアルノー様に会いたくなってきちゃった。

アンネリーエがのん気にしているうちに、追加のデザートはきれいに全部なくなっていた。

お互いの侍女たちが迎えにやって来て、アンネリーエたちは立ち上がった。妊婦の友人に手を貸して立たせたアンネリーエの元に店員がやって来る。

「ご注文の品でございます」

「どうもありがとう」

恭しく掲げられた箱を受け取り、アンネリーエは微笑んだ。

「店に到着してすぐに、お土産を注文しておいたの。帰ったらミヒャエル様とおやつにするわ」

友人たちが優しく微笑む。妊婦の友人は愛おしそうに大きなお腹を撫でていた。

「あんた、これだけ食べたのに帰ってからも食べるつもり？」

「それは別腹よぉ」

アンネリーエの返事に、友人たちがいっせいに声を上げて笑った。

「ごきげんよう」

「またお会いしましょう」

それぞれの侍女に連れられ、友人たちは淑女の顔に戻って馬車に乗り込んで行った。

お土産の箱を膝に載せ、アンネリーエは馬車に揺られていた。

きっと次に会うのはしばらく後になるだろう。あの子のお腹は大きかったから、そろそろ生まれるのかもしれない。もしかしたら、皆で集合してお祝いを届けるなんてこともありそうだ。

アンネリーエは久しぶりのおしゃべりの心地よい疲れを味わっていた。

ミヒャエル様はお土産を喜んでくれるかしら。いや、喜ばないはずがない。そういう優しい子だもの。

ふと、イヤリングを隠したエミリアの顔が頭をよぎる。文句を言っていたわりには、彼女はとても嬉しそうな顔をしていた。旦那様が見ていたから、なんて言っていたけれど、見ていなくたってあのイヤリングを着けて来たはずだわ。何となくだけれど、アンネリーエはそう確信していた。

そして、そういえば自分はアルノーからプレゼントをもらったことがないな、と思い出す。

何も買ってもらってないわけではない。衣食住には不満はない。ドレスだって宝飾品だって、何でも買っていいと言ってくれている。実際、今日着ているドレスだって、先日新調したばかりのものだ。アンネリーエの好きなデザイン、好きな色、着心地の良い布を選ばせてもらった。

好きな時に旅行にだって行かせてもらっている。道中疲れないように余裕を持った日程を組ませてくれるし、不自由のないように立派なホテルに泊めてもらっている。

アルノーはいつだって、アンネリーエの好きなようにさせてくれる。

そのことを不満に思ったことなんてなかったし、彼の優しさには感謝しかない。

「でも、たまにはアルノー様が選んだものをプレゼントされてみたいわ」

口の中でもごもごとつぶやいてみたら、自分の言葉がすとんと腹に落ちた。

不満はないと言ったばかりなのに。私ったらずいぶんと欲張りになってしまったわね。

アンネリーエは膝の上の箱を傍らに置くと、腕を組んで、ううん、と唸った。

プレゼントされてみたい、なんて言ったものの、実のところは欲しいものなどないのだ。

アンネリーエはあまり物欲がない。実家が裕福だったので、たいていのものは既に家に用意されていた。目新しいもの好きな父と兄のおかげで、家の中には常に最新の家具や道具が並んでいた。

だから、これと言って何かが足りないだとか、うらやましいだとか、あれが欲しいだとかは思うことなく育ったのだ。

ゼーバルト侯爵家に足りないものなどあるはずがない。

夜会に行かないからドレスもジュエリーもいらない。家具だって新しいものを特注で製作してもらっているところだ。庭の畑もどんどん拡張させてもらっている。

これ以上、アルノーに何をねだると言うのだ。

「うん、やっぱり欲しいものなんて、なあんにも思いつかないわ」

アンネリーエはそう言うと、ゆったりと背もたれに身を預けて居眠りを始めた。

「お帰りなさい！　アンネさま！」

寝ぼけまなこで馬車を降りたアンネリーエは、元気の良いミヒャエルの声で一気に目が覚めた。

抱えていたお土産の箱を掲げて彼に駆け寄る。

「ただいま帰りました、ミヒャエル様。待っててくださったのですね」

「うん！」

箱をクリスタに預け、アンネリーエはミヒャエルを抱き上げた。ぎゅうと抱き着いてくる小さな手を愛おしく思う。友人たちとまだまだしゃべり足りなかったなんて気持ちは、どこかに吹っ飛んで行ってしまった。ああ、家に帰って来て良かった。

「お土産を買って来たんですよ。おやつはまだですか？　ミヒャエル様」

「まだ！」

「では、一緒に食べましょうね」

「うん！」

赤い目を嬉しそうに細めるミヒャエルを抱きしめ返して、アンネリーエは屋敷に入った。


アルノーが帰宅したのは、ちょうどアンネリーエがミヒャエルを寝かしつけた頃だった。

部屋のドアから顔を覗かせたニコラに頷き、アンネリーエはそうっとベッドから離れる。音を立てないようにナイトガウンを羽織って部屋を出た。絡みそうになる足を一生懸命動かして、早歩きで廊下を進み、階段を下りる。

急がば回れ。違うわね、急《せ》いては事を仕損じる、の方かしら。焦りは禁物。

いつものんびりしたアンネリーエが急いだら、きっと失敗してしまう。階段から落ちたらそれなりの怪我をするだろう。

手すりに手をかけて慎重に、かつ、急ぎ気味で階段を下りたのに、玄関にはまだアルノーの姿は見えなかった。馬車が到着した音は聞こえていた。

「あら、意外と私の足って速かったのね」

「違うと思いますよ」

ガウンを整えながらつぶやいたアンネリーエに、ニコラがツッコんだ。

「ちょっと見て参ります。奥様はここでお待ちくださいね。外は寒うございますので、呼ぶまでここでお待ちくださいね」

ニコラに念を押され、アンネリーエは素直に頷いた。

ニコラが外に出て行く。ここにいないということは、家令は既に外にいるのだろう。馬車に何か不具合でもあったのだろうか。もしやアルノーに何か？　しかし、一向に呼ばれる気配はない。アルノーに異変があったならば、さすがにアンネリーエも呼ばれるはずだ。だったら、到着したのはアルノーの馬車ではなかったのかもしれない。もしかしてお客様だったのかしら。いや、それも違う。ニコラがアンネリーエを呼びに来たのだ。到着したのはアルノーの馬車だったのだろう。

ううん、とアンネリーエは首をひねる。それでもまだ呼ばれる気配はない。

考えていても仕方がない。もう見に行ってしまおう。だって気になるんですもの。

アンネリーエが手を伸ばしたところで、ドアが開いた。行き場のなくなった手が空を切る。

そこには、おや、と眉を上げた家令がいて、アンネリーエの顔を見るとすぐに笑顔になった。しかも、何だかいつもとはちょっと違う、意味深な笑みを浮かべている。

「どうしたの？　何かあったの？」

「いいえ。大切なことは人任せにしてはいけない、と叱って来たところです」

「何のことかさっぱりだわ」

そう言っている途中で、家令の開いたドアからアルノーが姿をあらわした。

姿勢正しく品の良いコートをきっちりと着込んだ彼には一分の隙も見当たらない。朝に比べて髪はちょっぴりくったりとしていて、整った顔には少しだけ疲れが見える。それがまた、色っぽい感じがしてとても素敵だ。

「おかえりなさいませ、アルノー様」

アンネリーエはアルノーを見上げながらそう言って微笑んだ。

真面目に一日働いて、まっすぐに家に帰って来てくれる。それだけで十分なプレゼントだわ。これ以上、何を望むって言うの。

もしアンネリーエが犬だったら、大きなしっぽをぶんぶんと振っていたことだろう。にこにこと微笑んだまま、アルノーの返事を待った。

しかし、アルノーは一向に屋敷に入ってくる様子も、しゃべる様子もない。その後ろで家令とニコラが笑みを浮かべている。アンネリーエが再び首を傾げた。

意を決したかのように、一度ぎゅっと目を瞑ったアルノーがゆっくりと目を開く。まぶたから覗く美しい琥珀色の瞳を見て、今夜の寝る前の飲み物ははちみつをたっぷり入れたホットレモンにしようかしら、などと、アンネリーエは考えていた。

そうぼんやりとしていたアンネリーエの目の前が突然ピンク色になった。驚いてのけぞると、それはピンクのバラだった。アルノーの右手が後ろ手に隠していたバラの花束を押し付けてきていたのだ。

「もし迷惑でないのなら、これは君にやろう。バラが好きではないのなら、誰かに渡して然るべき処分をしたらいい。荷物が多いので、とりあえず、受け取ってもらえると助かるのだが」

目を逸らしたままそう言ったアルノーが、ぐいぐいとアンネリーエの顔に花束を押し付けてくる。

「ありがとうございます。遠慮なくいただきますわ。でも、どうして突然」

花束を胸に抱え、アンネリーエはバラを覗き込んでそう尋ねた。一瞬だけホッとしたような表情を浮かべたアルノーはすぐにいつもの仏頂面に戻る。

「いや、別に……」

ちらりと見たが、アルノーは多いというほど荷物は持っていない。鞄は家令が持っているので、左手はおろか花束を離した右手も空いていた。アンネリーエの顔が少しだけ曇る。

「……浮気をした男性は、後ろめたさから妻に突然プレゼントを買ってくると聞いたことがあります……」

「そんなわけあるはずがない！」

うっかり声を荒らげたアルノーがあわてて手で口を覆った。

「……ライナーのやつが夫人とケンカしたとかで、帰りに花屋まで付き合わされたんだ」

もごもごと話し始めたアルノーの顔をアンネリーエが遠慮なく覗き込む。気まずそうに口を歪め、アルノーは続きを話し始めた。

「あいつが花を選んでいる間に、店員の口車に乗せられ、断るきっかけを失って仕方なく適当に買っただけだ。別に選んだわけではない。売れ残っていた花を買い上げてやっただけだ」

アルノーは早口でそう言うと、ぷいと横を向き、さっさと歩き始めてしまった。

花束を抱えて、アンネリーエはアルノーの背を追った。ふわふわと香しいバラの香りが漂ってくる。

ピンクのバラはどれも生き生きとしていて、とても売れ残っていたようには見えない。選んだわけではない、なんて言っていたけれど、このピンクはピンクでも、アンネリーエの瞳の色と同じピンク色をしている。花束をまとめているリボンは、アンネリーエの髪色を思わせる赤だ。

花束にありがちな、かすみ草やグリーンの葉も添えられていない。ピンクのバラだけがびっしりと詰め込まれている。

きっとアンネリーエのことだけを考えて選んでくれたのだろう。花を選んでいる時は無言だったのだろうか。それとも、さっきみたいにたくさんしゃべりながらだったのだろうか。

アルノーの頭の中をひとときでも自分でいっぱいにすることができたのかと思ったら、胸が熱く高鳴った。

部屋に入ってゆくアルノーを追いかけて、アンネリーエも部屋に飛び込んだ。

「アルノー様！」

名を呼ばれ振り向いたアルノーに飛びついて、アンネリーエは彼の頬にキスをした。勢いのままに顔を押し付けたので、ほぼ頭突きのようになってしまった。

「な、何をするんだ……！」

そう咎めつつもアルノーはしっかりとアンネリーエを抱き留めたが、バランスを崩して軽くたたらを踏む。

「アルノー様。浮気だなんて言ってごめんなさい。とっても嬉しいです。大切にしますわ」

体勢を整えたアルノーは決まりが悪い顔をしたものの、少しの間を置いてから目を細めて微笑んだ。

「そんなに花が好きなら、また買ってこよう」

「はい！　でも、花じゃなくてもいいです。アルノー様が選んでくださったものなら、何でも」

「そろそろ下ろしてもいいか」

「ダメです。もうちょっと、このまま」

「……おいっ」

そう言いながらアンネリーエを抱き上げたままでいてくれる優しいアルノーを、アンネリーエはぎゅうと抱きしめた。

開け放たれたドアから、家令とニコラが部屋を覗き込んだ。まだ抱き合って笑い合っている二人を見て、そっと身を引いた。


次の日、ピンクのバラは小分けにされ、寝室や廊下、ダイニングルームから玄関にまで飾られていた。

「きのうはなかったのに！　バラかわいいね。ねえ、だれかがもってきたの？　うちのお庭にはさいてないよねえ。ねえ、なんで。なんでこんなにいっぱいあるのー？」

居間のテーブルに飾られたバラを見つけたミヒャエルがそう叫んだ。

「ねえ、ちちうえ！　ちちうえ！　なんでー？」

うっかり目が合ってしまったアルノーは、この後ミヒャエルからの質問攻めに合ってしまったのだった。

Episode 5

堅物侯爵は事細かに指示をする

Koshakuke no
itatte heiwa na
itsumo no shokutaku

「本っ当に、いや、この度は誠に、大っ変申し訳ない」

王太子ウルリヒはソファに座ったままではあるが、膝に手を置いて深く頭を下げた。そのままの姿勢でちらりと視線だけ上げる。執務机に向かうアルノーはこちらを見ることもなく書類にペンを走らせていた。

おそるおそる頭を上げ身をすくめたまま黙っていたら、アルノーがかすかに顔を上げた。

「…………だから言ったでしょう、大変なことが起こると」

「俺だって、まさかこんなことになるとは」

「妻に何かあったら、どうしてくれるんですか」

アルノーが瞬《まばた》きもせずにウルリヒを睨みつけた。目に光が無い。眉一つ動かさず無表情のままなのでさらに言葉に凄《すご》みが増す。

「そ、そんなこと言われたって……！」

ウルリヒはソファに手をつき、アルノーから目を逸らして叫んだ。

「誰が想像するって言うんだ！　ドレッシングの隠し味だからって岩塩を採掘しに行くだなんて！」

ウルリヒの前に、大きめのブッセが二つ置かれた。ライナーが申し訳なさそうに愛想笑いを浮かべて後ろに下がってゆく。このブッセは、メレンゲを丁寧に焼いたスポンジ生地で木苺のジャムを挟んだものだ。料理長自らが手間暇かけて作った一品である。謝罪に行くなら手土産を持って行くべき、とカトリーンに言われてウルリヒが持参したものだ。

「家庭菜園くらいならまだ分かる。農作業好きな令嬢は確かにいる。しかし、岩塩が必要だからって採りに行くか？　行かないだろう！　行くはずがない！　ん？　待て、誰も想像つかなかったはずだよな？　こんなことになるだなんて。もしかして俺、悪くないんじゃないか？　そうだ、俺が普通なんだ。なあ、ライナー！　そうだろう？」

必死なウルリヒに問われ、自席に戻っていたライナーがゆっくりと頷く。

「そうですね。まさか侯爵夫人がツルハシ担いで旅に出るなんて、誰も想像しません。こんな話を信じる人も少ないと思います」

「そうだよなあ！　ライナー！　お前は分かってくれると思ってたよ！」

うんうんと頷いたウルリヒが、ブッセを手で摑んでバクッとかぶりついた。片眉を上げてライナーをひと睨みしたアルノーがペンを置く。

「あの時、私は確かに忠告しました」

「誰が分かるって言うんだ、あんな予言めいた言い回しで。で、どこに行ったんだっけ？　アンネリーエ夫人は」

開き直ったウルリヒは頰張っていたブッセを紅茶で流し込んだ。

「バンディニ領です」

「バンディニ伯爵のところか。……ふむ、お前……うまくだましたな」

ウルリヒの言葉にアルノーが表情も変えずに、じっと見つめ返した。

「何てことを言うのですか。予測される危険を事前に回避しただけです」

アルノーはそう言うと、ペンを持ち直して書類に視線を落とした。

二個目のブッセに手を伸ばしたウルリヒが口を開いた。

「バンディニ領ってことは、あの干上がった湖の辺りに行かせたのか。なるほど、確かにあの湖は大昔は海で岩塩の名産地。しかし、それは今や昔の話。観光地化し、販売されている岩塩は他国から輸入した安い岩塩に精製塩を混ぜたもの。あの湖から岩塩の採掘はできない」

「ええ、そうです。観光地ですので、道も整備されています。常に人がいるので危険も少ない。岩塩の採掘はできませんが、海水を煮詰めて塩を作るアクティビティに申し込んでおいたので、とりあえずはそれで満足して帰ってくるでしょう」

「うまいこと言いくるめたんだな」

「安全なところでなければ許可を出すわけがないでしょう」

アルノーは即答すると、サインを終えた書類を揃えて机の端に置いた。すかさずライナーがそれにひもを通してまとめる。処理済みの箱に入れようとして手を止めた。思ったよりも書類が溜まっている。そろそろ持って行って最終決裁を仰いだ方がいいだろう。最終決裁するのは、そこにいる王太子である。

箱の中を覗いて書類の枚数を数えているライナーに気付き、ウルリヒが顔をしかめた。手に持っていたブッセを口に放り込んで背伸びした。

「はあ、まったく……俺にそんな口を利くのはお前たち兄弟くらいだよ」

ウルリヒの言葉に、アルノーが思わず目を見開いた。が、気付かれる前にすぐに真顔に戻す。

「私はともかく、兄も、ですか？」

「ああ、そうだよ。穏和な笑顔で暴言を吐くクルトの方が質《たち》が悪い」

ウルリヒはそう言って、すっくと立ち上がった。パンパン、と上着を叩いてブッセの食べかすを床に落とす。アルノーとライナーが心底迷惑そうに顔をしかめた。

「まあ、俺の顔色を窺ってばかりの奴らよりは、よっぽどお前たちの方が信頼できる。さて、俺も仕事に戻るか。ライナー、それは自分で持って行く」

「いえ、殿下に荷物を持たせるなんてことできません」

「アルノーの顔を見ろ」

箱を抱えたライナーが振り返ると、眉間に深いしわを寄せたアルノーが手にいっぱいの書類をばっさばっさと振っていた。

「お願いします、殿下」

「お願いされよう。横暴な上司を持つと大変だな。心中お察しします」

「温かいお心遣いありがとうございます」

ウルリヒとライナーは向かい合って胸に手をあて礼をする。

じゃーなー、と手を振ってウルリヒは帰って行った。

「謝罪に来たと言っていたが、サボりに来ただけだろう」

「そうだな」

アルノーのため息交じりの声に、ライナーが相槌を打った。


アンネリーエとミヒャエルは屋敷裏の庭にいた。

ミヒャエルの吐く息は白く、頬はまるでリンゴのように真っ赤になっていた。アンネリーエはつないでいた小さな手をぎゅっと握り直した。

「アンネさま、僕、やっぱり行くよ」

「ミヒャエル様。でも」

「だいじょうぶ、ひとりで行ける。アンネさまはそこで待ってて」

「ミヒャエル様……」

躊躇いつつ、アンネリーエはおそるおそるつないでいた手を離した。柔らかい温《ぬく》もりがなくなり、手のひらが震える。

うつむいていたミヒャエルは、覚悟を決めたようにパッと顔を上げるとまっすぐ前を向き、遠くを見据えた。大きく右足を上げると、ゆっくりと前へと踏み出した。

ぱり、ぱりぱり。

二人しかいない静かな裏庭に、ゆっくりと破砕音が響いた。

「やめろ！　何をしているんだ」

遠くから声が聞こえ、二人は同時に振り返った。

「ちちうえ」

「アルノー様」

息を切らしたアルノーがすぐにやって来た。そのままがばっとミヒャエルの肩を両手で摑む。

「上に乗れるほど凍っていない。やめなさい、ミヒャエル」

「そうなの？」

ぱちぱちと瞬くミヒャエルとアンネリーエがアルノーを見上げた。ミヒャエルが足を止めたのを確認して、アルノーはゆっくりと手を離した。

裏庭には小さな小さな池がある。水たまりと言うには大きいが、噴水を作るには小さすぎる。これと言って使い道がなくて長年放置してきた池だ。昨夜はかなり冷え込んだ。池の表面は鏡のようにつるりときれいな氷が張っている。そこにミヒャエルが乗ろうとしていたのだ。

「この池は上に乗って歩けるほど厚い氷は張らない。確かに昨夜は寒かったが、そこまでじゃない」

「そうでしたか。全面が凍っているように見えたので大丈夫かと思ってしまいました」

アンネリーエがしれっとした様子で笑顔でそうこたえた。ため息をついたアルノーが念のために
ミヒャエルの手を握った。

「長年この家に住んでいる私が言うんだ。本当だ」

「池に落ちなくて良かったですね、ミヒャエル様」

「うん。落ちたらびっくりしちゃったね、きっと」

「ミヒャエル様がびっくりしなくて良かったわ」

「違うよ。びっくりしちゃうのはアンネさまだよ」

「まあ、私？　そうね、きっとびっくりしちゃうわね」

しゃがんでミヒャエルの顔を覗き込んでいたアンネリーエが笑う。つられてミヒャエルも笑った。

うふふ、あはは、とのん気に笑っている二人を、アルノーが呆れ顔で見下ろした。

「寒い。風邪をひくぞ。屋敷に戻ろう」

「そうですね」

アンネリーエはそう返事をして、ミヒャエルのもう片方の手を握った。

「頑張って編んでるんですけど冬に間に合いませんでした、マフラー。ごめんなさい」

「ゆっくりでいい。急ぐことはない」

申し訳なさげに肩を落とすアンネリーエに、アルノーが無表情のままこたえた。しかし、声は優

しい。

「せっかくのできたて新鮮な毛糸ですのに」

「できたて、など言うな。生々しい」

領地から届いた毛糸でアンネリーエはマフラーを編んでいる。初めての編み物に悪戦苦闘しているので、思ったように進まないようだ。先日の岩塩採掘の旅の道中でも、馬車の中でずっと編んでいた。ミヒャエルはルーカス王子と遊ぶ約束をしていたので、旅にはついて行かなかった。馬車で一人、アンネリーエは黙々とマフラーを編んだ。意外と完璧主義なので、何度もほどいてはやり直しを繰り返しているのだった。

「旅の疲れはないか？」

アルノーにそう問われ、アンネリーエは顔を上げた。

「ええ、一晩ぐっすり眠ったらすっかり。岩塩が採掘できなかったのは残念ですけど、海水から塩を作る方法は覚えました。この世からもし塩が無くなったとしても、我が家は大丈夫ですよ」

「その知識が生かされない世界が続くことを切に願うよ」

アルノーは心の底からそう思った。二人の会話を聞いていたミヒャエルがぴょんと飛び跳ねた。

「今日はアンネさまのつくった塩をゆでたまごにかけて食べよう？」

「そうしましょうか」

「夏はー、スイカにかけて食べまーす」

「夏まで持つかしら。それほどたくさんは作れなかったのです」

「じゃあ、またつくればいいよ」

「うふふ、そうですね。一緒に作りましょうか」

「うん。たのしみ！」

嬉しそうに声を上げたミヒャエルがアルノーとアンネリーエの手を引っ張って走り始めた。むりやり走らされつつ、アルノーはちらりとアンネリーエの表情を窺った。

アンネリーエはいつもどおり朗らかな笑みを浮かべている。それが余計にアルノーの胸に引っかかった。

ミヒャエルはまだ彼女のことを、ははうえ、とは呼んでいない。このままではいけないと思いつつも、アルノーを父様と呼ばせようとした時のことが引っかかって、そのことを口にすることができないままでいるのだ。

血の繋がりはないが、今や彼女は立派にミヒャエルの母親役を務めている。そろそろ、母、と呼ばれても良い頃なのではないだろうか。

アルノーはミヒャエルとつないでいた手に少しだけ力を込めた。


バーナー伯爵家の馬車が侯爵家に到着したのは、晴れた休日の昼すぎだった。

これと言って目立つわけではないけれど、しっかりとした作りの馬車は四頭立てで車輪の音も安定感がある。にこやかで愛想の良い御者がドアを開けると、両手に荷物を抱えた青年が駆け降りてきた。

「アンネリーエ！　よう！　久しぶりだな！」

ぴょんぴょんと跳ねた赤みがかった茶色の髪を揺らして、青年が抱えていた箱を出迎えたアンネリーエに押し付けた。

「お兄様、落ち着いて。まずはアルノー様にご挨拶してくださいな」

両手いっぱいの箱を抱え、アンネリーエが必死に兄に目配せをする。アンネリーエの兄、ヨーナスがあわてて帽子を取って頭を下げた。隠されていた髪がさらにぴょんと跳ねる。

「お久しぶりです、侯爵閣下。結婚式以来ですか」

アンネリーエの抱えた箱を奪うようにして持ち上げたアルノーが、ヨーナスの茶髪を一瞥《いちべつ》し、すぐに目を逸らす。大きい割には意外と軽かった箱を家令に渡した。

「……ヨーナス卿。ようこそ。疲れただろう。昼食を用意している。ゆっくり休むといい」

「ありがとうございます」

ヨーナスが帽子をかぶり直し、へへ、と屈託なく笑う。彼はアンネリーエの兄なので、アルノーから見れば義兄にあたるのだが、年下である。家格もアルノーの方が上なので、こういった話し方の方がお互いしっくりくる。

アンネリーエと久々の会話を楽しむヨーナスを、アルノーは眉をひそめてじっと見つめた。

こいつがアンネリーエの奇行の元凶か。

――私の兄が、以前言っていたのです。手間暇かけて一から手作りしてくれたものをもらったら誰だって嬉しい、と――。

「…………チッ」

「舌打ちしたわ」

「したわね」

「よっぽど腹に据えかねていたのね」

小声ながらもしっかり聞こえるようにひそひそ話す三人の侍女たちを横目に、アルノーはさっさと屋敷に戻った。


「旦那様、舌打ちはないですわ」

「確かにとても仲良しでしたけど」

「ヨーナス卿は奥様の実の兄です。ご安心ください」

「ちょっと待て」

無視してさっさと自室に戻ったはずだったのに、三人の侍女たちはしっかりとアルノーについてきた。しかも、ずかずかと部屋の中にまで入って来ている。

「なぜついてくる。なぜここにいるんだ。アンネリーエの元へ戻りなさい」

アルノーはいかにも迷惑そうに眉をひそめた。

「だいたい、お前たちは何か勘違いしているようだ。別に兄妹仲に、その、アレしてるわけではない」

「アレ」

「アレ？」

「嫉妬《しっと》」

ユッタとニコラが首を傾げ、クリスタが口元に手をかざしてささやいた。

「断じて違う。舌打ちしたのは、私がこうして日々気を揉むことになった元凶があいつだからだ。あいつが余計なことを言わなければ、と思ったら、つい、舌打ちしていただけのことだ」

アルノーの断言に三人の侍女がそれぞれ顔を見合わせた。

「元凶？ ヨーナス卿が奥様に手作りを勧めたのですか？」

「そうだ。何でも、一から手作りされると嬉しい、というようなことを過去に言ったことがあるらしい。それを、アンネリーエは勘違いしているんだ。あれは一からではない、ゼロからだ。そもそも、彼女を止めないお前たちも悪い」

「そうだったのですね、ヨーナス卿が」

ユッタが頬に手をあてしみじみとそうつぶやいた。ニコラがすかさず続く。

「奥様を止めるなんてことしませんよ」

「なぜだ。この先、何を言い出すかわからないだろう。こっちは気が気じゃない。一緒にいるお前たちが止めずに誰が止めるんだ。命に係わる危険なことをすると言い出したらどうするつもりだ」

「やだ、旦那様」

クリスタはそう言うと、口に手をあててケラケラと笑った。アルノーがムッとして睨み返す。

「何を言い出すかわからない、だなんて。奥様はただただ旦那様のためだけに、手作りされてるんですよ。お気付きではなかったのですか」

「私のため？」

きょとんとめずらしく表情の抜け落ちたアルノーを見て、ユッタまでもが噴き出してしまった。

「そうですよ。奥様は何でもかんでも手作りされるわけではないですよ。だから、私どもは奥様のなさることに口出しはしないのです」

ニコラが加わり、三人はにっこりとよく似た笑顔を見せた。

「だって、お仕えする主人夫婦の仲は良いに越したことはないですもの」

アルノーはこめかみに手をあてて考えた。

確かにそうかもしれない。アンネリーエ自身が身に着けているものは普通に市販されているものだ。あれを作りたい、採取しに行きたい、などとお願いされることはあるが、自分のために何かがほしいとねだったことはないような気がする。

そうか、彼女が重視しているのは、一から手作り、の部分ではなく、誰だって嬉しい、のところだったというのか。誰だって嬉しいのなら、アルノーだって嬉しいに違いない。彼女の謎《なぞ》の原動力はそこから来ているのか。

ただ、アルノーを喜ばせるためだけに。

アルノーの頬がみるみる赤く染まった。大きな手で目から下を覆ったから見えないが、きっと今はひどい顔をしているに違いない。こんな顔、誰にも見せるわけにはいかない。特に、この三人の侍女たちにだけは。

鼻から息を吸って呼吸を整える。スン、と無表情に戻ったアルノーに、侍女たちが少しだけがっかりとした顔を見せた。

「今日だって、ヨーナス卿は追加の毛糸を持って来たんですよ。奥様が紡いだ毛糸だけでは足りなかったようなのです。奥様は自分で刈った羊の毛糸ではないのをたいへん残念がっておられましたが、寒い季節になってしまったこともあって、マフラーを完成させることを優先させたそうです」

「誰が刈った羊の毛糸かだなんて、気にしたことはないぞ」

三人の侍女たちは、アルノーの返答と取り乱した様子を見て満足したのか、礼をして部屋を出て行った。

「……茶くらい淹れて行ったらどうだ……」

アルノーの声はどこにも届かないまま、静かな室内に消えていった。

昼食の席で、アンネリーエが驚いて声を上げた。ハムとチーズを挟んだサンドイッチに、さらに厚切りのトマトを加えたヨーナスが大きな口を開けてそれを頬張った。

「そうそう。双子だったんだよ。再来月生まれる予定だったんだけど、双子なのが分かったから少し早めに生まれるかもしれないんだ。ははっ、お前もいきなり二人の甥《おい》っ子か姪っ子のおばさんだぞ」

ヨーナスはもぐもぐとサンドイッチを食べ、口の端についたチーズを右手の親指で拭った。ヨーナスの妻は近々、双子を出産する予定らしい。彼はその準備のために、王都までベビー用品を買いに来たのだそうだ。そのついでに、アンネリーエに頼まれていた追加の毛糸を持って来たという。

「まあ、私、生まれたばかりの赤ん坊を抱いたことないわ。楽しみね。急に二人も赤ん坊が増えたら、家も賑やかかね。きっと」

「ほんとだよ。親父も離れに隠居しようとしてたんだけど、引き止めた。人手はいくらあってもいいからな。お前のおむつ交換してたんだから、いくらか役にたつだろ」

「私の世話をしていたのは、お父様じゃなくて乳母でしょう」

「そんなことないぞ。お前を風呂《ふろ》に入れたりもしていたぞ」

「嘘でしょ？　やだあ」

アンネリーエが両手を頬にあてて叫んだ。

いつもはおっとりとしているアンネリーエも、気心の知れた兄の前では砕けた態度になるようだ。

アルノーはチキンローストにナイフを入れながら静かに話に耳を傾けていた。濃厚なチーズクリームソースが淡白なチキンによく絡んでいてとても食べやすい。

「赤ちゃん生まれるのー？」

兄妹の話を聞いていたミヒャエルが声を上げた。アンネリーエとヨーナスが優しい視線を向ける。

「ええ、そうですよ。ミヒャエル様から見たら、いとこにあたりますね」

「いとこ？」

「親のきょうだいの子供にあたる方を、いとこ、と呼ぶんです」

アンネリーエの説明にミヒャエルが首を傾げる。まだあまり理解できないらしい。

「まあ、他の人よりはちょっとだけ縁があるってくらいかな。ミヒャエルはその中で一番のお兄ちゃんになるってことさ」

優し気に目を細めたヨーナスが言った。ミヒャエルの瞳がきらきらと輝く。

「おにいちゃん！」

「ああ、生まれたら仲良くしてやってくれな」

「うん！　なかよくする！　僕、おにいちゃんだから」

「そうだな。ちょっと見ないうちにすごく大きくなってる。ミヒャエル、お兄ちゃんになったなあ」

ミヒャエルが嬉しそうに椅子の上で飛び跳ねた。

「ヨーナスおじさん、食べ終わったらサッカーしよう」

「おう、いいぞ」

以前、アンネリーエは羊の毛を刈るためにミヒャエルを連れてバーナー伯爵領へ里帰りした。その時に、ヨーナスはミヒャエルの面倒をよく見てくれたらしい。当然、サッカーも教えてもらっていた。

「すまない、忙しいだろうに」

食べる手を止めて礼をしたアルノーに、あわててヨーナスが手を振る。

「これくらい何でもないですよ。アンネリーエにサッカーを教えたのも俺です。ミヒャエルは見込みがある。いいストライカーになりますよ」

そうか、この男がアンネリーエにサッカーを……。アルノーは再び舌打ちしそうになった口をそっと手で押さえた。

「お兄様、買い物はいいの？」

「ああ。頼まれたものを買って帰るだけだから……おっと」

エッグサンドを口いっぱいに放り込んだミヒャエルが、モゴモゴ言いながらヨーナスの手を引いている。ヨーナスはミヒャエルの頭を撫で、立ち上がった。

ヨーナスの訪問から一週間後。アルノーとミヒャエルは暖かい防寒着に身を包み、馬車の前にいた。

「君は馬車で待っていてもいいんだぞ。少し上ったところにあるから、もっと寒くなる」

アルノーの手を借りてよたよたと馬車を降りてきたアンネリーエもまた分厚い防寒着に身を包んでいた。カーテンのような厚地のスカートの下には寒冷地用のタイツを履いている。歩きにくそうにしているが、本人はいつも通り上機嫌だ。

「せっかくここまで来たんですもの。行きますよ。アルノー様のご家族なんですから、ご挨拶しなきゃ」

アンネリーエはそう言うと、しゃがんでミヒャエルの首元のマフラーを結び直した。

「今日に間に合って良かったわ」

ミヒャエルが巻いているマフラーは、アンネリーエ自らが羊の毛を刈り糸を紡いだ『できたて新鮮な』毛糸で編んだものだ。そして、アルノーの首にも色違いのマフラーが巻かれている。ミヒャエルの倍ほどの長さがあり、何度もほどいては編み直した跡が残っていた。

「やっぱりこの色にして正解でした。アイスブルーはちょっと寒々しい色かしら、って思って躊躇したんですけど、お二人の美しい銀色の髪によく映えてます」

「ピンクかわいい」

ミヒャエルが垂れ下がったマフラーの端を持ち上げて言った。

「よくお似合いですよ、ミヒャエル様」

「僕、このピンク好き。お魚食べたくなる」

「……サーモンピンクだからかしら……？」

ミヒャエルのマフラーは、アイスブルーとサーモンピンクのバイカラーになっている。一方、アルノーはアイスブルーと落ち着いたチャコールグレーだ。あまり色味のある服装をしないアルノーには使いやすかったので、とても重宝している。あえて難点を言うのならば、ライナーとウルリヒに冷やかされる程度のことだ。全く問題ない。

「ミヒャエル様。すっごいこと教えちゃいましょうか」

アンネリーエが神妙な顔つきでささやいた。ミヒャエルを始め、アルノーや侍女たちや護衛の皆が息をひそめて耳を傾ける。

「このマフラー、こうしてひっくり返すと……、なんと！　青が下にピンクが上になるんです」

「えーーっ！　すごーい！」

ミヒャエルが目も口も大きく開いて驚きの声を上げた。とっさに手で口を覆ったアルノーは無事だったが、侍女たちはその場にうめき声を上げて頽《くずお》れた。ミヒャエルの純真さにあてられてしまったのだ。

「……そろそろ行くぞ」

アルノーの声に、アンネリーエが笑顔でこたえる。侍女たちがあわてて立ち上がった。

アルノー一行は、緩やかな坂道をゆっくりと上っていた。抱き上げられるのを嫌がったミヒャエルの歩幅に合わせているので、予定よりもかなり時間がかかっている。早いところ到着しなければ、もしかしたら雪が降ってくるかもしれない。

やっと目的地に到着した時には、やはり真っ白な雪がちらほらと舞い始めていた。

アルノーを先頭に、石畳を踏みしめる靴音が響いた。

ここはゼーバルト侯爵領にある墓地だ。今日はアルノーの父の命日。父はひどく冷え込んだ冬の夜に亡くなった。アルノーは今でもはっきりとあの夜のことを思い出すことができる。

ここへ来るのは久しぶりだ。一人ずつ家族を失っていく記憶は感情の乏しいアルノーにもさすがにこたえた。何となく足が遠のいていた。

振り返れば、白い息を吐いたアンネリーエがミヒャエルの手を引いてついて来ている。見慣れたのほほんとした笑みを浮かべ、息を切らしていた。頬が真ん丸に赤くなっているのは、寒さのせいか、上り坂のせいか。

彼女の笑顔を見たら、ずっと重苦しかった心がすっと軽くなったような気がした。

ひと際大きな花束を侯爵家の墓へ供えた。たったこれだけのことに、どうしてこんなにも時間がかかってしまったのだろう。

アルノーの隣で、アンネリーエが手を合わせている。

この墓で眠っている家族の誰か一人でも生きていれば、彼女は侯爵家へやって来ることはなかっただろう。縁とは不思議なものだ。アルノーはぼんやりと墓を見つめ続けていた。

ふわふわと舞っていた雪はいつの間にか風に乗り一直線に足元へ向かって降り注いでいた。アンネリーエの肩にかすかに積もった雪を払ってやった後、アルノーはミヒャエルに視線を移した。

墓の真ん前で立ち尽くしているミヒャエルが、かすかに首を傾げた。

「とうさま。かあさま」

小さな声だったけれど、子供の高い声は静かな墓地によく響いた。離れたところに控えていた侍女たちが悲し気に両眉を下げる。

ミヒャエルはそれ以上何も言わなかった。続きを促す者は誰もおらず、しんしんと降る雪が髪を濡らす。

「帰るぞ。風邪をひいてしまう」

アルノーはミヒャエルの手を取った。アンネリーエはそっと寄り添うようにミヒャエルの横に跪《ひざまず》くと、その顔を覗き込んだ。

「ミヒャエル様、また来ましょうね。今度は暖かい時に」

「ん」

アンネリーエはミヒャエルの上着についた雪を払い、その頬に優しく触れた後、もう片方の手をつないでゆっくりと立ち上がった。

積もり始めた雪が足音を呑み込む。耳に届くのは坂を下りる自分たちの息遣いだけ。

アルノーはつないでいた手を離し、ミヒャエルを抱き上げた。

「じぶんで歩くぅ」

「お前に合わせていたらここにいる全員が風邪をひいてしまう」

ミヒャエルがムッとして口を閉じる。ミヒャエルの髪から落ちた雪のしずくが風に吹かれ、アルノーの頬を冷やした。

アルノーはそろそろと振り返った。

墓の上には雪が積もり始めていた。墓の縁も、周りも、辺り一面、白に覆われている。墓の下はさぞかし寒いことだろう。冷たいことだろう。

頬を冷やした雪のしずくはとっくになくなっている。むしろ、首に手を回して抱き着いてきたミヒャエルのおかげで、アルノーはぽかぽかと温かい。

本来なら、こうしてこの子を抱いているのは自分ではないはずだったのに。

「……私は一生、この思いに囚《とら》われながら生きていくんだろうな……」

アルノーは口の中で小さくつぶやいた。

「アルノー様、何か言いました？」

アンネリーエがニコニコと笑いながらアルノーの顔を覗き込んだ。よっぽど寒かったのだろう、彼女は鼻の頭まで真っ赤になっている。そのままアルノーの腕に両手を添えると、ミヒャエルに微笑みかける。

「いいなあ、ミヒャエル様。抱っこしてもらって」

「えっ」

「ちちうえ、アンネさまも抱っこしてあげて」

「えっ」

「お願いします」

「えっ」

驚いて足を止めたアルノーを見て、アンネリーエが楽しそうに笑う。それをじろりと見下ろしたアルノーが大きくため息をついた。そして、息を吸う。

「えっ、きゃあ」

右手にミヒャエルを抱え、アルノーは左手でアンネリーエを抱き上げた。

「アルノー様、さっきのは冗談ですよ！」

「わあい、たのしいねー。あははははは」

ミヒャエルの笑い声が響き渡る。アルノーがよろよろとふらつき、あわてて護衛が駆け付けた。

その姿を見た三人の侍女たちが笑う。

雪をも解かす賑やかさで、アルノーたちは馬車へ向かって歩いた。

「これはどうだ？」

アルノーはアンネリーエの顔の前まで橙色《だいだい》のマフラーを持ち上げた。鏡の中のアンネリーエが苦笑いしながらアルノーを見上げている。

「気に入らないか。では、こちらは」

アルノーはそう言って、今度は赤紫色のマフラーを持ち上げた。

アルノーたちは、帰り道にあった洋品店に立ち寄っていた。ミヒャエルは店の人が気を利かせて用意してくれた奥の部屋で温かいココアをごちそうになっている。

「アルノー様、別に私はこれでいいのですよ。新しく買わなくったって」

「私たちだけ新品をつけているのはおかしいだろう。君のその帽子は独身の頃から使っているものらしいじゃないか」

アルノーはアンネリーエの声を遮って、今度は黄色のマフラーを持ち上げた。

「うーん……似合う色というものがよく分からないな。全部似合う気もするし、似合わない気もする。ユッタたちを呼んでこよう」

奥の部屋へ向かおうとするアルノーの腕をあわてて摑んで、アンネリーエが首を横に振る。

「いえ、いえ。せっかく暖かい部屋で休んでいるのですから。私、この橙色のにします。ありがとうございます。アルノー様」

「いや。これくらい別にいい。むしろ、できたて新鮮なマフラーでなくて悪いな」

「ふふ、嬉しいです」

アンネリーエがマフラーを抱えて微笑んだ。かぶっていた帽子を脱ぐと、マフラーを首に巻いた。

「このまま新しいものを巻いて帰ります。いいかしら？」

アンネリーエの声に、側にいた店員が頷き、今までかぶっていた帽子を袋に入れましょう、と言って下がって行った。

アンネリーエは鏡の前でマフラーを巻き直している。その背中をぼんやり眺めていたアルノーが静かに口を開いた。

「アンネリーエ、相談があるのだが」

「はい、どうぞ」

アンネリーエは振り返らず、そのまま鏡越しにアルノーを見上げた。

「……ミヒャエルの君の呼び方だが……」

「ん？　ミヒャエル様の呼び方ですか？」

「違う。ミヒャエルが、君を呼ぶ時の、呼び方だ」

アンネリーエがぱちぱちと瞬きながら振り返った。戸惑うようにかすかに眉をひそめたアルノーと目が合う。

「そろそろ君のことを、母上、と呼ばせた方がいいのではないだろうか」

アンネリーエが黙ったまま目を見開く。アルノーがあわてたように両手を胸の前に上げた。

「いや、まだ若い君にあんなに大きな子の母親役を押し付けてしまって、申し訳ないと思っている。

君があの子と本当に仲良くやってくれているから、それに我々は甘えてしまっているというのは重々承知しているんだ。だから、その、まずは先に君の気持ちを聞いてからにしようかと、そう思ったんだ」

一気にそう言い切り、アルノーはゆっくりと手を下ろした。そして、返事を待つようにそのままアンネリーエの顔をじっと見下ろした。

「んー、そうですねえ。母上、ですか」

あごに手をあて、アンネリーエが首を傾げる。んー、ともう一度唸ってから、反対側に首を傾げた。アルノーは黙ったまま、ただただ彼女の返事を待った。

「ええっと、考えておきます」

アンネリーエはそうこたえると、にこりと微笑んだ。そして、くるりと振り返り、鏡を見ながら再びマフラーの巻き方をいろいろ試し始めた。

今すぐこたえを聞きたかったような、聞きたくなかったような。アルノーはその場で固まったまま動けなかった。首の皮一枚で助かったような、死刑宣告を延期されたような、何とも言えない気持ちだった。

会計を済ませ、ぞろぞろと店を出る頃には、ミヒャエルはすっかり眠ってしまっていた。暖かい部屋で休んだからだろう。アルノーはミヒャエルを馬車の座席に寝かせ、ブランケットをかけてやった。反対側の席に腰掛けると、アンネリーエがその隣に座った。ゆっくりと馬車が動き始めた。

しばらく二人は黙ったまま窓の外を眺めていた。ミヒャエルはぐっすりと眠っている。アンネリーエが座り直した衣擦れの音にアルノーが窓から目を離した。

「あの、さっきの話ですけど」

「えっ、もう!?」

アンネリーエの言葉に、思わずアルノーが大きく肩を揺らして声を上げた。あわててコホン、と一度咳ばらいをして居ずまいを正す。

「ああ、すまない。続けてくれ」

そうは言ったものの、本当はまだ全然心構えはできていない。正直なところ、あの返事は明日以降、または来週あたり、もしかしたら来月かも、くらいに考えていたのだ。

そんなアルノーの内心など知るはずもなく、アンネリーエはにこにこと微笑んでいた。その表情にアルノーは少しだけほっとした。その矢先のことだった。

「私、やっぱりミヒャエル様の母親にはなれませんわ」

そうはっきりこたえたアンネリーエは表情を変えることなく、まっすぐにアルノーを見返した。

「そ、……そうか……」

アルノーの額に一気に無数の汗が浮かんだ。まさかこんなあっさりと断られるとは。ほっとした分だけ、その落差にしばらく立ち直れる気がしない。左手でさりげなく額の汗を拭い、床を見つめた。

母親にはなれない。しばらく一緒に過ごしたけれど、やっぱり無理だ、と。それはやはり、家を出るということだろうか。それはそうかもしれない。アンネリーエはまだ若い。実家も裕福だ。これから先、新しい出会いも人生もたくさんあるだろう。

母親にはなれない。その言葉が、何度もアルノーの頭の中をぐるぐると回っていた。

アンネリーエが巻いていたマフラーを外し、きれいに畳んで膝の上に置いた。優しく目を細め、向かいの席で眠るミヒャエルに視線を移す。

「ミヒャエル様の母親は、やっぱりグラシエラ様だけなのだと感じました。お墓でのミヒャエル様をご覧になったでしょう。まだ小さな子供ながらも、自分の中で折り合いをつけている最中なのだと思いますわ。そこに、私が無理やり首を突っ込むのは違うと思います」

意外としっかりとした答えを返されてしまい、アルノーはぐうの音も出なかった。なんて返事をしていいのかもわからない。

青ざめたまま動けないアルノーに気付く様子もなく、アンネリーエは話を続けた。

「でも、ミヒャエル様のお子様のおばあちゃまにはなりたいです」

「えっ」

ガタッと音を立ててアルノーが立ち上がりかける。すぐにここが車内だと思い出して、浮かせた腰を席に下ろす。

「そ、それは、どういう」

「そのままの意味ですわ。将来、ミヒャエル様が結婚なさってお子様が生まれたら、アンネおばあちゃまって呼ばれたいです」

アンネリーエはそうはっきりと言うと、にっこりと口の端を上げて笑った。膝の上の手は橙色のマフラーをぎゅうっと抱きしめている。

「それは……その年になるまで、我が家にいてくれるということだろうか……」

アルノーの探るような小さな声の問いに、アンネリーエが大きく頷いた。

「もちろんです。アルノー様がおじいちゃまになるまで、よろしくお願いいたしますわね」

アンネリーエはそう言うと、座ったまま深々と頭を下げた。形の良い丸い後頭部を見つめ、アルノーは肩の力が一気に抜けた。同時に、ぎゅうっと胸が苦しくなり、目の奥が熱くなった。

「そうか……」

アルノーは手で目元を隠し、背を向けた。アルノーの背中にアンネリーエの手がそっと添えられた……途端にアルノーがくるりと振り返る。

「出掛ける時は必ず誰かに行き先を伝えること。絶対に一人では出歩かないこと。未知の植物にはけして触らない。動物は大型小型問わず勝手に近寄ってはならない。サプライズ的なことは私は好まない。だから、今後もそのようなイベントは企画しないように。まずは何でも私に相談すること。君の希望はできる限り叶《かな》えるよう善処するつもりだ。だから、どうか……長生きしてほしい。私を一人、残さぬよう……」

だんだんと小さくなっていく声。アルノーはおそるおそるアンネリーエの顔色を窺うように忙《せわ》しなく瞬きを繰り返している。

きょとんとしていたアンネリーエが、柔らかく微笑んだ。

「はい。アルノー様。これからもずっと、一緒に」

アンネリーエの言葉に、アルノーは再び目の奥が熱くなった。


侯爵家の居間の真ん中で、ミヒャエルが危なっかしい手つきで鋏を持ち上げていた。

「ミヒャエル様、危ないですよ。やっぱりそこは私が」

「できる！　僕がやるの。アンネさまは見てて」

ぷうと頬を脹《ふく》らませたミヒャエルがアンネリーエが伸ばした手を避ける。そんな二人を、家令を始め屋敷の使用人たちがハラハラとしながら見つめていた。

ミヒャエルは野菜の入ったカゴの持ち手から垂れ下がったリボンの先を切ろうとしているところだった。リボンを結んだのもミヒャエルだ。かなり不格好だけど、何とかリボンの形にはなっている。

これは、風邪《かぜ》をひいたという第一王子ルーカスへのお見舞いの品だ。本来なら、今日はルーカスと一緒に勉強した後に遊ぶ予定だった。しかし、ルーカスが風邪をひいたためその予定はキャンセルとなった。ミヒャエルはがっかりしたのも束の間、お見舞いに行くと言って聞かなかった。

カゴに入っている野菜は、庭の畑から採ったばかりのものだ。お見舞いといえば、通常はフルーツだ。カゴから覗くピーマン、トマト、かぼちゃ……。新鮮な野菜からはさぞかし栄養が取れることだろう。そう思い、誰もミヒャエルを止めなかった。

自ら野菜を収穫し、カゴに詰め、リボンをかけた。全て一から自分でやる、とミヒャエルは言い張るのだ。

「だって、きっとルーカスさまも僕がよういしたおみまいの方がうれしいよ」

ミヒャエルはそう言うと、ちょきん、とリボンを切った。上手に鋏を使えたことに満足して、自慢げに振り返った。後方で壁にもたれながら様子を眺めていたアルノーと目が合う。

母親にはなれない、などとアンネリーエは言っていたが、彼女の教えはしっかりとミヒャエルに受け継がれている。とても、しっかりと。困ったことに。

アルノーはため息をついた。

馬車の用意ができた、と御者が伝えにやって来た。アルノーは身を起こした。これから、ミヒャエルを連れて王太子宮へ向かうのだ。当然、ミヒャエルはこのお見舞いを自らの手で届けるつもりだ。

「ミヒャエルのマフラーも持って来てくれ」

外出着の準備をしに居間を出た侍女たちに声をかける。三人は揃って笑顔で頷いた。

二人揃ってアンネリーエ手編みのマフラーを巻いて行ったら、きっとウルリヒに冷やかされることだろう。

「君も一緒に行くか？」

居間を出る前に振り返り、アンネリーエに声をかけた。アンネリーエが嬉しそうにしながら立ち上がる。

お見舞いを渡した後は、王都の店に寄って買い物でもして来よう。確か、アンネリーエが改装の終わった寝室に置くクッションを作りたいと言っていたはずだ。手触りの良い布と柔らかい綿をアルノーが選び、渡してしまおうではないか。

アンネリーエの手綱さばきにもすっかり慣れてきたと自負し、アルノーはしっかりとした足取りで自室へ向かった。

——養蚕工場から『絹糸作り体験　参加申込受付完了のお知らせ』が侯爵家に届いたのは、その次の日のことだった。

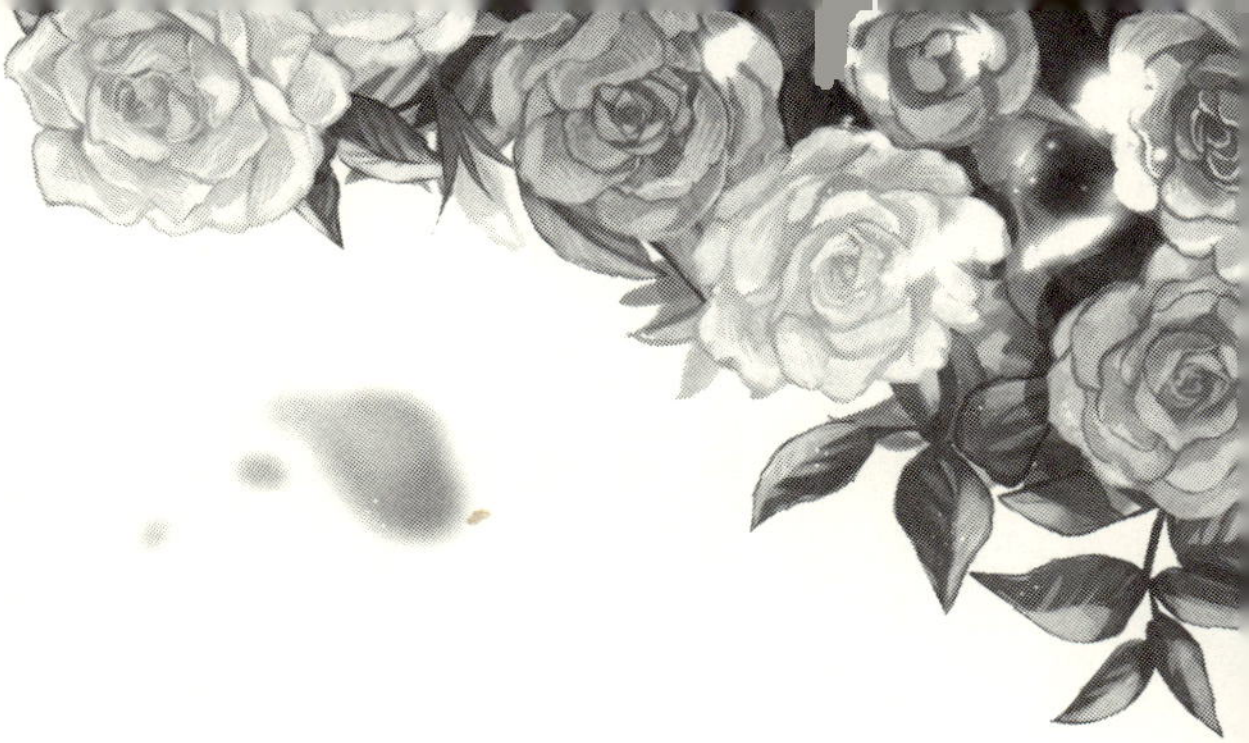

侯爵家のいたって平和ないつもの食卓

～堅物侯爵は後妻に事細かに指示をする～

Koshakuke no itatte heiwa na itsumo no shokutaku

＊ あとがき

『侯爵家のいたって平和ないつもの食卓～堅物侯爵は後妻に事細かに指示をする～』を、お手に取っていただきありがとうございます。

作者のももよ万葉です。

先にあとがきを読むという派閥の方のためにざっくりとあらすじを説明します。

王命により堅物で冷徹と噂される侯爵アルノーと結婚したアンネリーエが、せっかく一緒に暮らしているのだから、と、夫のために様々なものを手作りするというお話です。

心を込めた手作りの品、というものの概念を一度リセットして、再構築するきっかけとなれば幸いです（なぜ）。

裕福な伯爵家で大切に育てられたアンネリーエは、料理はおろか刺繍などの貴族令嬢の嗜みのようなものは一切できません。サッカーはできます。

そんな純真な彼女だからこそ、相手を喜ばせるためだけに何の迷いもなくいろいろなことに初挑戦することができるのでしょう。

あいにく私は誰かのために料理などはしませんが、そういったチャレンジ精神だけは見習いたいと思っています。

家族愛を語るような殊勝な心は持ち合わせはおりませんが、なるべく穏やかで平和な明日が来るのが楽しみになるようなお話を目指したつもりです。

ゼーバルト侯爵家が今後も幸せに過ごしていけるように、一緒に見守っていただけたら幸いです。

最後に謝辞を。

イラストを担当してくださった、すらだまみ先生。ウェブで見かけたとあるイラストに一目惚れして以来、密かに想い続けておりました。ご一緒できる機会をいただけて、恋が叶ったような喜びで胸が一杯です。可愛いアンネリーエと苦悩するアルノー、最高です。素敵なイラストをありがとうございました！

良い本になるようにものすごく頑張ってくださっている担当編集様。本当にいつもありがとうございます！

この本に携わっていただいたたくさんの方々、ありがとうございます！

そして、応援してくださる読者の皆様、ありがとうございます！　皆様のおかげで短編が一冊の本になりました。

全方位に感謝の心を忘れずに、マイペースにこれからも精進してまいります。

アンネリーエは、いつどんな時にでも常に上機嫌。悲しいことやつらいことがあった時でも、自分で心持ちを良くすることのできる令嬢です。

最後まで読んでくださった皆様を含め、関わっていただいた全員が上機嫌な日々を送ることができるよう心から願っています。

侯爵家のいたって平和ないつもの食卓

～堅物侯爵は後妻に事細かに指示をする～

Koshakuke no itatte heiwa na itsumo no shokutaku

ももよ先生の書かれる面白くて温かくて素敵な世界に少しでも花を添えることが出来ていれば幸いです。

おまけは作中のアンネリーエにそっぽ向いてお花を押し付ける照れアルノーと、
一方その頃奥さんと仲直りできたかな…？というライナー（勝手な妄想）を描かせて頂きました。

コミカライズも予定されているとのことなので、一読者としてとても楽しみにしてます！

Special Thanks

ももよ万葉先生
担当編集様
デザイナー様
SQEXノベル編集部様

SQ
EX
ノベル
婚活してたら王子様が
釣れちゃった⁉
行き遅れ令嬢の
しあわせ婚活♪
原作ノベル1～5巻
大好評発売中!!
5
逃がした魚は大きかったが
釣りあげた魚が大きすぎた件

逃がした魚は大きかったが
釣りあげた魚が大きすぎた件
ももよ万葉
Illustration：三登いつき

SQEXノベル

侯爵家のいたって平和ないつもの食卓

～堅物侯爵は後妻に事細かに指示をする～

著者
ももよ万葉
イラストレーター
すらだまみ

©2025 Mayo Momoyo
©2025 Mami Surada

2025年１月７日　初版発行

発行人
松浦克義

発行所
株式会社スクウェア・エニックス
〒150－6215
東京都渋谷区桜丘町１番１号　渋谷サクラステージSHIBUYAタワー
（お問い合わせ）スクウェア・エニックス　サポートセンター
https://sqex.to/PUB

印刷所
中央精版印刷株式会社

担当編集
大友摩希子

装幀
AFTERGLOW

この作品はフィクションです。
実在の人物・団体・事件などには、いっさい関係ありません。

○本書の内容の一部あるいは全部を、著作権者、出版権者などの許諾なく、転載、複写、複製、公衆送信（放送、有線放送、インターネットへのアップロード）、翻訳、翻案など行うことは、著作権法上の例外を除き、法律で禁じられています。これらの行為を行った場合、法律により刑事罰が科せられる可能性があります。また、個人、家庭内又はそれらに準ずる範囲での使用目的であっても、本書を代行業者などの第三者に依頼して、スキャン、デジタル化など複製する行為は著作権法で禁じられています。
○乱丁・落丁本はお取り替え致します。大変お手数ですが、購入された書店名と不具合箇所を明記して小社出版業務部宛にお送り下さい。送料は小社負担でお取り替え致します。但し、古書店でご購入されたものについてはお取り替えに応じかねます。
○定価は表紙カバーに表示してあります。

ISBN978-4-7575-9610-8 C0093

Printed in Japan